「貴公の方から俺を欲しがってくれるとは、嬉しいな」
それはどこか気恥ずかしげな揶揄を含んでいたが、ルシアンは両手でローグ卿を上向かせると、黙って濃紫の瞳を見返し、自分から口づけた。

氷原の月　砂漠の星

十掛ありい

ILLUSTRATION：高座 朗

氷原の月　砂漠の星

LYNX ROMANCE

CONTENTS

氷原の月　砂漠の星

あ――――。

どうにも抑えきれぬ声が、つと上がる。

それは、果たして己の口から出たものであったろうか？

それとも、この肌に熱く触れ、心の中まで掻き乱している男の口からか――？

……それはもう、どちらでも構わない。

今のこの時を激しく燃え、快楽という名の美酒に酔っていられるならば――。

身体の奥深くから湧き上がってくる熱い疼きが、次第に理性を侵食していく。

ああ。いっそこのまま、すべてを投げ出してしまおうか。

ほんの一時でいい。己に課せられた姿を、この肩に伸しかかる責務を忘れ、ただ本能の赴くまま、感情の迸るままに、この骨まで蕩けそうな快に身を投じる――。きっとそれは、魂が震えるほどに心地よいだろう。

何の憂いもなく、ただ純粋に快感にのみ支配されるひと時――。己を滅し、酷使し続けてきたこの身への、せめてもの慰めというものだ。

だが、そんな甘えを、この身に許すわけにはいかない。言ってはならぬ言葉を、つい、口走ってしまいそうだから。

もっと、と――。

その願いを口にする事は、相手の身体のみならず、優しさ――つまり心を求めるのと同じだ。

それだけはしてはならない。
絶対に――。
ギリギリの所で均衡を保っているこの関係を、きっと跡形もなく壊してしまうから。
これまで流してきた血と汗と涙を、すべて無にしてしまうから――。
この交わりに求められるべきは、ただ一つ。決して裏切らぬという互いへの枷なのだ。
心を弱らせ、判断を鈍らせるだけの感情など、最初から入り込む余地はない。
あ……ぁ……っ。
そろそろ終わりが近づいている。
この身が紛れもなく生きているという、滾るような生命の証を放つ悦びの時が――。
なのに、この胸に巣食う切なさは何だ？
この説明のつかぬ、ただ思考を惑わせるだけの切なさは――？
妙な不安と焦燥が、己と同じく昇り詰めんとしている熱い身体を掻き抱かせる。
あ、ああ――っ……………！
吐き出してなお、いっそうの飢餓感に襲われる。
この身はいったい、何が欲しいのだ――？

1.

文明というものは、ある程度の水準に達すると、反動を余儀なくされてしまうのだろうか。

世界は目まぐるしく、科学技術――特にＤＮＡ組換えなどのバイオテクノロジーの分野において発達してきたが、徐々にその歩みを止めてしまった。

コンピュータ管理が高度に進み、度重なる遺伝子操作で乱れてしまった社会に、人々が疑問を投げかけ、背を向け始めたのだ。

そして、人がもっと自然であり得た古き良き時代を懐かしみ、求めるようになった。

それはたとえば、生活のスタイルから芸術、哲学、宗教、果ては経済機構や社会構成にまでおよび、人々は少々古臭くはあるが、人の力を中心にしたマニュアルな世界に立ち戻り、コンピュータなどとは縁遠いレトロな中世風の王国や帝国を築いて、幾世代かをゆったりと暮らしてきた。

ところが、突然、世界のそうした風潮を乱す者が現れた。

西暦二三ＸＸ年。豊かな大地と水を誇る大国レヴァイン王国で、かつての高度文明をも超越する世界の構築を唱えた軍部が、クーデターを引き起こした。

首謀者は、軍の最高峰ガレス将軍。彼は国民に敬愛されていた国王を処刑するや、自国民のみならず、周辺の国や地域の人々をも巻き込んで、人類発展のためと称した数々の人体実験や、行動・思想の弾圧、富の搾取など、暴政を欲しいままにし始めた。

強大な軍事力を掌握していたガレスの勢いは、止(とど)まる所を知らぬかに見えた。

だが、八年の歳月がすぎ――。

レヴァイン王国には、今、再び希望の光が差していた。

側近のラロック卿と北方の辺境に逃れ、反ガレス勢力を成していた先王の一子サスキアが、ついにガレス軍を打ち破り、政権を奪回したのだ。

ガレスの圧政に苦しんでいた人々は狂喜乱舞し、サスキアを新国王として温かく迎えた。

ただ惜しむらくは、ガレスおよびその親衛隊が、あらかじめ市街地に仕掛けてあったらしい弾薬を次々に爆破、混乱に乗じて逃亡した事だった――。

*

「何ぃっ？　この上、更に我らにガレスを追討せよと、そう言われるのか！」

怒気を含んだ低い声が、新生レヴァイン王国の王の間に響いた。

声の主は、長身を輝くメタルブラックの騎士装束に包んだヴァン＝デン・ローグ卿(きょう)。歳(とし)の頃は二十代後半で、一大宗教団体『光の教え』を守護する武勇の騎士団の長である。鋼色の長いマントに流れる燃えるように赤い髪と、強い光を放つ濃紫(こいむらさき)の瞳がひどく印象的だ。

「ただで――とは言ってないぜ」

玉座にどこか窮屈そうに収まったサスキア王が、一国の王にしては砕けた口調で言い、野生的な黒髪によく映える深い緑の瞳を挑戦的に上げた。こちらもローグ卿に負けぬほどの長身だが、シャツとズボンにブーツを履いただけの身体は、少年の域を抜けていない分だけ見劣りがする。

ローグ卿はその体格差に物を言わせんとでもいうのか、鍛え抜かれた身を乗り出して、年若い王に詰め寄った。

「まさか、国内にわざわざ教団の自治区を設けてやるのだから、それくらいの余分な働きは当然とでも思っておられるのか？」

「オレはそんなセコイ男じゃない。自治区の件は、対ガレス同盟を結んだ時に了承済みだからな」

「では、なぜ――？　我ら光の騎士団は、約束通り十分な働きをしたはずだ。王がそうやって安穏と玉座に座っておられるのが、何よりの証拠ではないか！」

相手が弱年とは言え、国王に対する物言いとしてはいささか不遜である。

そしてそれは、明らかにサスキア王のプライドを傷つけたようだった。

「ああ、お陰さまでな！　だがオレたちにゃ、ガレスのバカが破壊してった国内を早急に復旧するっていう重大な責務がある。あんな毒虫に関わってる暇なんかないんだ！」

声を荒げて吐かれた言葉に、今度は騎士の濃紫の瞳がギラリと怒りを弾いた。

「では、教団の再建はさして重大ではなく、我ら騎士は暇を持て余しているとでも？」

「う――」

怒りに任せてつい言わずもがなの事を言ってしまったのだろう。まだ二十歳にも満たぬ若い王は、そこで言葉に詰まってしまった。

すると、まるで影のようにサスキア王の背後に控えていた人物が、玲瓏(れいろう)たる声ですかさずフォローを入れる。

「ローグ卿、王はそんなおつもりで言われたのではありません」

新生レヴァイン王国宰相ルシアン・ラロック卿――。たいそうな切れ者との評判で、今回の政権奪回の陰の立役者と噂されている男だ。

歳はローグ卿と同じくらいだが、感情の読めぬ端整な顔立ちに輝く金髪、冷たい湖面を思わせる碧(へき)眼(がん)と、その容貌はローグ卿とはだいぶ異なっており、騎士の黒衣と対をなすような白い近衛(このえ)将校風の軍服に、かっちりとその細身を包んでいる。以前はサスキア王の御守役であったと言うから、その時の名残であろう。

「ルシ……いや、ラロック宰相……」

凜々(りり)しく跳ね上がった眉を寄せ、ローグ卿はなぜか苛(いら)ついたように美貌の宰相を呼んだ。

が、宰相の方はあくまでも平静で、眉一つ動かさない。

「王は『光の教え』を国内にお迎えでき、たいそう名誉に感じておられます。そして我がレヴァイン王国は、更に今回のガレス追討の代償として、教団に大聖堂建立のための資材を提供させていただくつもりですが？」

「大聖堂の資材を――？」

ローグ卿がやや表情を和らげると、体勢を立て直したか、サスキア王が再び口を開いた。

「そうだ。自治区内には当然、大聖堂を建てるんだろう？」

「それは、そのつもりだが――」

「その資材を、こっちで用意してやるって言ってるんだ。悪い話じゃないはずだぜ」

「――――っ」

高飛車な物言いに、ローグ卿の眉尻の辺りで憤怒がピクピクと蠢（うごめ）く。

それに気づかぬわけでもなかろうに、サスキア王は平然と続けた。

「そりゃ、労働力なら信徒がいくらでも提供してくれるだろうさ。だが、材木やら鉄骨となると、そう簡単にいくかよ。だから――」

「サスキア王、これは俺への仕返しか？」

ローグ卿が王の話を遮って、わざとらしくラロック宰相に視線を走らせた。卿の精悍（せいかん）な顔を彩っていた憤怒が、いつの間にか不敵な、どこか揶揄（やゆ）を含んだ笑みに変わっている。

若い王の顔が、見る見る怒りに歪（ゆが）んだ。

「オっ、オレがなんで仕返しなんか――っ」

「それとも、嫉妬の絡んだ嫌がらせか？」

「ローグ卿、口をお慎みください」

さして表情も変えず、ラロック宰相がいかにも冷静に言う。

それへ再び苛立ちの目を向けてから、ローグ卿は実に恐れ気もなく言ってのけた。

「確かに我ら、大聖堂の資材は喉から手が出るほどに欲しい。だが、それを餌にそちらの落ち度を我らに尻拭いさせようとは、なんとも一国の王らしからぬ所業ではないか」

とたんに荒々しく床を蹴って、サスキアが玉座から立ち上がる。

「何だとっ、もういっぺん言ってみろ！」

激しやすいのは若さゆえにしても、王族であるサスキアの態度や物言いが粗雑なのは、八年におよぶ辺境での潜伏生活のせいだろう。

「サスキア様、落ち着かれませ」

「けっ、けどルシアン……っ」

いささか子どもっぽく反論しかけた王を目で制し、美貌の宰相は光の騎士に向き直った。

「ローグ卿、誤解のないよう申し上げておきますが、今回の追討の件はすべて私の一存。ですから、非難されるべきは私であって、王ではございません」

「なるほど。この追討劇も貴公の謀略の一つと言うわけか。さすが目的のためには手段を選ばぬ冷厳冷徹な『氷原の青い月』だ」

「恐れ入ります」

潜伏時代の名を嫌味と苛立ちを込めて呼ばれても、さらりとかわす。そんなラロック宰相がまた我慢ならないらしく、ローグ卿は瞳の濃紫を強くして睨んだ。

対する湖面を映したような碧眼は、凍りついているかのように冷然として揺らぎもしない。北の辺境で、ラロック宰相が『氷原の青い月』と呼ばれた所以である。

最初に視線を逸らせたのは騎士だった。男らしい顔に、苦い諦めが浮かんでいる。

「ガレスの逃亡先は、西の砂漠だったたな」

「では、ローグ卿——?」

心なしかほっとした表情を見せた宰相に、ローグ卿が高潔な騎士からはほど遠い、いかにも俗物的な笑みを見せた。

「あの周辺のオアシスには、いい女がたくさんいる。夜が楽しみだ——」

*

カツカツと大理石の回廊をブーツの踵で踏み壊さん勢いで、ローグ卿はレヴァイン城右翼にある自室へと戻った。

『光の教え』は現在、自治区が完成するまでという事で、教主と主だった者たちがレヴァイン城内に居住しているのだ。

教団は二年前ガレスに大聖堂を破壊されて以来、放浪を余儀なくされていたのだが、政権奪回の協力者ゆえに、サスキアが自治区とは別に、厚意を示してくれたのである。

実際、一騎当千の光の騎士団の協力なしには、サスキアたちもガレスを政権の座から引き摺(ず)り下ろすのは不可能だっただろう。騎士長という立場にありながら第一線に立って戦ったローグ卿自身、その事に露ほどの疑問も抱いていない。

そして言い換えれば、それほど勇猛な彼等だからこそ、ガレス追討など押しつけられてしまうのだ。

……いや。この件は、あの男の一存だと言っていた。あのいつも氷のように冴(さ)えている男は、俺をただ遠ざけたいだけなのだ――。

それに気づいたからこそ、ローグ卿はさしたる反論もせず、ガレス追討を承諾したのだ。大聖堂の資材だけが理由ではない。

「くそっ、ルシアンの奴！」

罵りながらドアを開け、バタンと閉めるや、室内から暢気(のんき)な少年の声がした。

「お帰りー。王様の用事、何だった？」

「教主ヴィーダ？」

ローグ卿は驚いて、仮住まいゆえ殺風景なままにしてある部屋の中央を見やった。

そこには、白いローブのフードを目深に被(かぶ)り、口元を薄いベールで覆った小柄な姿――。

その姿からは性別の判断が難しいが、実はこの少年こそが、世界に圧倒的信者数を誇る『光の教え』

の頂点なのだ。

室内を見回し、教主が一人と認めるや、髪と同じく赤い眉がきゅっと吊り上がった。

「ヴィー、供もなしにうろついては危ないと、あれほど言っただろう！」

「だって、塔の中は退屈なんだもん。窓から見える雪山は確かに珍しくてキレイだけど、こう毎日じゃ見飽きちゃうよぉ」

その『退屈な塔』は、確か彼自身がいたく気に入って、是非、居室にとサスキア王に頼み込んだのではなかったか。ローグ卿は、思わず眉間を押さえた。

「しかし、気候からして、我らが砂漠とはまるで違うのだ。一人で出歩いて、また気分でも悪くなったらどうする？」

『光の教え』の教主は、虚弱体質だった。ちょっとした環境の変化で、すぐに体調を崩してしまう。だからこそ、四六時中側にいて助けてはやれない自分の代わりに、御付の者を常につけてあると言うのに――。

「別に何事もなかったんだからいいじゃない。で、王様は何だって？」

光の騎士長の心配をあっさりと受け流して、教主ヴィーダは無邪気に訊いた。

騎士長の口から、諦めのため息が零れる。どうせすぐにでも報告に行くつもりだったのだ。

ローグ卿は少年教主に椅子を勧めて座らせると、その前に跪いた。

とたんに、教主がツンと横を向く。

「やめてよ、そんな仰々しい事するの。他に誰もいないんだし、従兄弟同士なんだからさ」

つまりは、そういう事なのだ。教主が気軽に騎士長の部屋へやって来るのも、その騎士長の言葉遣いがいささかぞんざいなのも――。

「怒るな。目の高さを合わせただけだ」

ローグ卿が軽く笑ってみせると、年若い従弟は『それならいいけど』と言って先を促した。

「それで？　僕に何か話があるんでしょ？」

騎士は真顔に戻って、単刀直入に告げた。

「準備が整い次第、我ら光の騎士団はガレス追討のため、西の砂漠に向かう」

「ええっ？」

驚いて見上げた瞳は鮮やかなチェリーレッド。フードはそれを隠すためなのだろうか。

ローグ卿はどこか心細げな色に変わった赤い瞳に、事の次第を話して聞かせた。

「そっか。教団の事はヴァンに任せてあるから思うようにやってくれればいいんだけど、騎士団がいなくなっちゃうなんて……」

聞き終えるなり、ヴィーダはしょんぼりとうな垂れてしまった。

無理もない。光の騎士団はこれまでずっとヴィーダの側にあり、世界に多数の信者――すなわち影響力を持つ教団を、私利私欲にかられた権力者たちから守ってきたのだ。

その騎士団が自分から離れてしまうとなると、若い教主は不安でならないのだろう。

ローグ卿は従弟のフードに覆われた頭を、ぽんぽんと宥めるように叩いた。

「心配するな。精鋭の騎士を十数名残していくし、サスキア王はあれでいて熱心な『光の教え』の信者。教主様に寂しい思いをさせたり、危険な目に遭わせたりはしないさ」

その点においては、ローグ卿もサスキア王を信頼していた。たとえ彼が自分をいかに嫌っていようとも、ヴィーダに対しては常に畏敬の念をもって接してくれる。

ヴィーダもサスキアが色々と便宜を図ってくれたのを思い出したか、ひとまずは安心したようでコクリと頷いた。

それからいささか憤然として、チェリーレッドの瞳を上げてくる。

「それにしても、ラロック宰相ってば、大聖堂をエサにしてくるなんてね！」

「あ？　ああ……」

いきなりルシアンの名が出て、ローグ卿は心中密かにうろたえた。

「僕たちがノーって言えないの知ってて、使えるだけ使う気なんだ。騎士たちだってまだ戦いの疲れを癒しきれてないのに、ほんっと冷酷だよね」

ガレス追討を断りきれなかったもう一つの理由を、若い従弟にはとてもではないが話せない。ローグ卿が黙っていると、ヴィーダは憚りもせず、レヴァイン国宰相を非難し始めた。

「そりゃ、辺境に潜みながらサスキア王を育てて反政府勢力を組織して、結局政権奪回しちゃったんだから、すごい遣り手だってのはわかるよ。けど、目的のためには手段を選ばないって言うか非情って言うか――必要ならきっと、魂だって差し出しちゃうんだよ、あの人」

「………」

いいや、彼が差し出したのは魂じゃない。

身体だ……。

ローグ卿は、二年前、ルシアンが初めて彼を訪ねて来た時の事を苦く思い出した。

その頃、ルシアンは既にサスキアを擁して北の辺境にあり、反ガレス勢力の参謀としての地位を確立していた。だが、単独でガレスに挑むには力が不十分だったらしく、宗教的な見地からガレスの悪政を批判したため迫害を受けていた『光の教え』に、同盟を持ちかけてきたのだ。

教団が世間へおよぼす影響力と、武勇で名高い光の騎士団に目をつけたらしい。

ちょうど大聖堂を爆破された直後で、教団は元々拠点であった砂漠一帯を放浪中。幼い教主と教団の行く末を案じていたローグ卿は、政権奪回の暁にはレヴァイン王国内に教団の自治区を設けるという条件で、同盟を受け入れる事にした。

そして――。

土壇場で裏切らぬという確かな証が欲しいと言って、ルシアンに身体を求めた。彼がどこまで本気なのか、本当に信じられる相手なのか、かなり悪趣味な手段だったが、試すつもりだったのだ。

何と言っても、世界中に信徒を持つ『光の教え』の影響力は絶大だ。その力を上手（うま）く使えば、世界を支配することも可能だろう。

そんな事態を避けるため、『光の教え』はいかなる国の権力にも属さず、自ら純粋な宗教団体である事に徹してきた。

苦境にあるからと言って、利用されるだけかもしれぬ同盟関係を迂闊に結ぶわけにはいかないのだ。

だから、ルシアンが即座にノーと言えば、さほど真剣でないとみなして同盟は破棄。ほんのわずかでも考える素振りを見せれば、この同盟に教団の未来を賭けてみる——。ローグ卿はそう思っていた。

イエスという答えは、端から想定していなかった。

だが、ルシアンは美しい顔をピクリともさせず、平然と上着に手をかけた。

もちろんローグ卿は、『いや、貴公を試しただけだ』と言って、無言で服を脱ぎ落としていくルシアンの手を止める事もできた。

が——。

鎖帷子を纏った抜けるように白い素肌が目に入った瞬間、ローグ卿自身が一気に熱くなり、止まらなくなってしまったのだ。

ルシアンの鎖帷子を性急に剝ぎ取り、後はもう、夢中で白い肌に唇を這わせた。

そして、時間をかけて押し入ったルシアンの中は、雪のような肌の色合いからは想像もつかぬほど熱く、ひどくしっとりと心地よくローグ卿に馴染んできた。

男を抱いたのは、あれが初めてだった。

それでも、女とはまったく違う弾力に乏しい感触も、自分よりやや小柄なだけでしっかり上背のあ

る身体も、さほど気にはならなかった。痛みか快感かはわからぬが、声を押し殺して耐えていたあの湖を映したような碧い眼に、無性に心と官能を煽られて――。

「ヴァン？　ヴァンってば！　どうしたの、急に黙っちゃって？　ラロック宰相の仕打ちが、そんなに腹に据えかねた？」

不意に赤い目がのぞき込んできて、ローグ卿ははっと我に返った。悩ましい思いに囚われていた動揺を隠そうとすれば、なぜかルシアンを庇う言葉が口を衝いて出る。

「だが、ラロック宰相たちが復旧作業に追われているのは事実。新政権を民衆に印象づけておくためにも、国を今留守にするのは得策ではない。と言って、ガレスを野放しにしておくのも危険だ。となると、やはり我ら光の騎士団が動くのがベストという事になる。第一、レヴァイン国内の復旧が終わらねば、俺たちも自治区どころではないしな」

その言葉がひどく意外だったらしく、ヴィーダがチェリーレッドの目をまん丸に見開いた。

何も知らぬ純粋な目に見つめられるのは、実に面映ゆい。

「ヴァンってばヘンなの。ラロック宰相の事、怒ってたんじゃないの？　欲しいものが手に入ったとたん、冷たくなったって」

そう。あれから何度となく身体を重ねたのに、悲願が成るや、あの男は――。

だから、つい大人気ない真似をした。あの氷原の月のように冷厳な男は、目的のためには情など一切挟まなかったと言うのに……。

「いずれにしても、俺は用済みだ……」

「えっ？　何――？」

「いや、何でもない」

自嘲と苛立ちに満ちた情けない呟(つぶや)きを打ち消して、ローグ卿は立ち上がった。

「一週間で戻る。心配などせず、いい子で待っていろ」

うふふ、と赤い瞳が細められる。

「『砂漠の赤い星』だからさ、ヴァンは。心配なんてしないよ」

その日の夕方、ローグ卿は光の騎士団を率い、西の砂漠へ向かった。

2.

窓から差し込んでいた光が、やわらかな黄金色から燃えるような赤に変わった。

ルシアンは書き物をする手を止めると、夕暮れ時の陽光に誘われるように窓際へ歩み寄った。

「もう、そんな刻限か……」

ここは、レヴァイン城左翼にある宰相執務室。城は北の山岳地帯を背に逆V字型に建てられているが、西向きのこの部屋は、夕刻になるとぎらつく西日に晒(さら)されてしまう。

だが、ルシアンはこの部屋が好きだった。

いや、正確には、この部屋から眺める夕陽が——と言うべきか。

ルシアンは両開きのフランス窓を開けて、バルコニーへ出た。

太陽が一日の終わりを惜しむかのように、鮮やかな赤い光を惜しげもなく放っている。

いつもながら、ひどく心惹かれる色だ。時間の許す限り、ずっと見ていたい気がする。

そう思った瞬間、目の前の夕陽によく似た色合いの髪が脳裏を掠め、ルシアンは自らを戒めるように強く頭を振った。

我ながらなんと無駄な反応をするのだ。それを思い出したところで何になる——？

八年にもおよぶ政権奪回の悲願は果たせたし、国民もガレスの暴政から解放した。

『光の教え』教団との同盟条件だった自治区も、彼等の拠点だった砂漠と環境の似通った南の乾燥地帯に置くということで話がついている。

ガレスを逃したのは計算外だったが、それも既に手を打ったし、代償として提示した大聖堂の資材も、金銀など鉱産物の豊かなこの国の財政なら難なく揃えられるだろう。

サスキア新政権は現在、国のため、そしてサスキアのため、ルシアンが緻密に練り上げたシナリオ通りに進んでいるのだ。

それなのに、やはり心は晴れなかった。

理由はわかっている。ルシアンは、赤く染まった大地の更に向こう——ここからはとうてい見えもしない西の砂漠に思いを馳せた。

そこには、逃亡中のガレスとその親衛隊を追う光の騎士団、つまりローグ卿がいる。

「もうすぐ一週間になるが……」

どうしても声に苦悩が滲んでしまうのは、ローグ卿に指摘されたように、尻拭いと知りながらガレス追討を押しつけてしまったからだ。

実際、ガレスを取り逃がしたのは、予想以上の破壊工作に阻まれ、サスキア軍の対応が後手に回ってしまったからで、まさにこちら側の――いや、はっきり言って、そこまで計算しきれなかった自分の落ち度だったのだ。

それを、大聖堂の資材などをチラつかせ、政権奪回の協力者だというのに、その足元を見るような真似をしてまで、己の策を押し通してしまった。

あの場ではおくびにも出さなかったが、ルシアンは心中ではひどく後ろめたく、申し訳なく思っていたのだ。

だが、新生レヴァイン王国宰相としては、そうする以外に手立てはなかったのである。

サスキア新政権は現在、ガレスが逃亡のために破壊していった各地の建物や道路などの復旧作業に、思わぬ手間を取られている。悪政権を打倒し、ようやく希望が戻ったレヴァイン王国だったが、国内のあちこちで瓦礫の山ができ、大勢の人々が新政権からの救援を待っていたのだ。

それでなくても、長年ガレスの暴政に苦しめられてきた人々だ。一日でも早く彼等の期待に応え、心に平安を取り戻したいと、新政権はサスキアを先頭に、ほとんど不眠不休で復旧作業に取り組んでいた。

もちろん、この機会にサスキア政権の威光と恩恵を国民の心に焼きつけておきたいという、宰相としてのルシアンの思惑もある。

となれば、サスキアもルシアンも、なおさら国を留守にするわけにはいかない。

ローグ卿は、果たしてその辺の事情を察してくれただろうか……？

二人で密会を重ね、ガレス打倒作戦を練っていた頃のルシアンなら、彼ならばきっと自分を理解してくれるはずと、素直にそう思えただろう。

だが、ガレス追討を依頼した時、あの濃紫の瞳は怒りに満ちていた。

騎士団には責任のない戦いをせねばならぬのだから無理もないが、私の一存だと告げたとたん、あの男は妙に苛々と諦めたような事を言って、挙げ句の果てが『向こうのオアシスにはいい女がたくさんいる』ときた。

いくら政権の座を追い落とされたとは言え、ガレスは浮ついた気持ちで立ち向かえるような生易しい相手ではない。

いったい、どういうつもりなのだ――。

ルシアンはこの頃、ローグ卿が何を考えているのか、さっぱりわからなくなっていた。あの、戦勝祝いの夜以来だ。

それ以前は、もっと互いを理解し合えていると、そう感じていたのだが……。

秘められた闇を燃え立たせるような赤い髪——それが不意に剝き出しの肌の上をすべったような気がして、ルシアンは甘く息が詰まりそうになった。

慌てて喉元に手を当てる。

「どうしたと言うのだ、私は……！」

ローグ卿は、単に同じ敵を倒すために結び合っただけの同盟相手ではないか。このように心悩ますなど、まったく自分らしくない。

若い主君のため、常に己を厳しく律し、感情すらをも押し殺し、いかなる時も冷静沈着でいられるよう努めてきたのではなかったか。

感傷などという無用の長物に浸っている暇はなく、処理せねばならない問題は山積みなのだ——。

己の中の何かに思い切りをつけるが如く、くるりと夕陽に背を向けると、ルシアンはその日の復旧作業状況を確認するため、サスキア王の元へと向かった。

*

サスキアの居室は、左の塔の最上階にあった。

元々彼は右の塔に住んでいたのだが、『光の教え』に寝所を提供する事にした時、教主ヴィーダが右の塔からの眺めをいたく気に入ったのを見て、教団側が『そこまでのお気遣いは——』と辞退したにもかかわらず、あっさりと自室を譲り渡したのだ。

それで右の塔と対をなす左の塔へと移ったわけだが、元来、見張り塔としての役割を持っていたその最上階からは、北の山岳地帯、東の高原、南の平原、西の大地、そして北西に位置する国の水源グレートレイクと、城の周囲がぐるりと見渡せた。

つまり、国内の様子をうかがうには最適の場所であり、また城に迫る危険をいち早く察知できる場所なのである。

『王の居室としては、実にふさわしいじゃないか』

そう言って笑ったサスキア王を、ルシアンは心底誇りに思った。

八年前、ガレスの厳しい監視下におかれていた十歳のサスキアを密かに連れ出し、北の山岳地帯を越えて氷原に逃れた時は、自分自身大人になりきらぬ年齢だった事もあり、果たしてサスキアを未来の王として育てていけるのか、己のした事はもしや間違っていたのではないかと、前途をひどく憂えたものだったが――。

「サスキア様、いらっしゃいますか？」

当時の未熟だった自分を可笑しく懐かしく思いつつ、ルシアンはいつものように声をかけ、王の居室に入って行った。

が、当然あるはずの姿が見えない。

おやと思い、王の部屋と言うには質素すぎる室内を見回していると、聞き慣れた声がした。

「ルシアンか？　こっちだこっちー！」

その声に導かれ、浴室のドアに近づく。

「ご入浴中でしたか。後でまた出直します」

「何だよ、入って来いよー。遠慮する仲じゃないだろ」

その言葉に苦笑を零しつつ、ルシアンは浴室のドアを開けて中に入った。

実際のところ、潜伏先の氷原地帯では居住スペースなども限られており、完璧なプライバシーなど望むべくもなかったのだ。

と言って、王子であるサスキアを他の者たちと一緒くたにするわけにもいかず、自然、御守(おもり)役であったルシアンが寝起きを共にしていたのである。

晴れて城に戻って来てからはそんな事もなくなったが、当時の生活が今の二人の揺るぎない信頼関係を築いているのは言うまでもない。

「お珍しいですね。面倒臭がりのあなた様が、ご自分から入浴とは」

バスタブの側まで行って多少の皮肉を込めて言うと、泡だらけの湯から顔だけ出した少年王が、悪戯(いたずら)っぽく笑った。

「へへっ、五日ぶりだぜ。ここんとこ、ぶっ通しで復旧作業に駆けずり回ってたからな。忘れてたんだ。そしたら、一緒に作業を手伝ってた五歳くらいの女の子が側に来て、『王様、臭い』って言うんだぜ。で、こりゃいけないって思ってさ」

「なるほど。口煩いだけの側近より、いたいけな少女の一言の方が効果的だというわけですね。今後のため、覚えておきましょう」

わざとしかつめらしい顔をしてからかうと、背ばかり伸びた身体がザバリとバスタブの中で身を起こす。

「な、何だよ、それ？　オレがいつおまえの事、口煩いなんて言ったよ？」

「言葉でこそおっしゃいませんが、ほら、その私を見る反抗的な目つきが」

「え？　ええっ、そんなはず――」

慌てて目元を覆う主君に、ルシアンは可笑しさを隠しきれなくなった。

「冗談ですよ」

「……んのヤローっ」

子どもっぽく口を尖らせたサスキアが、ルシアン目がけてバシャバシャと湯を散らす。

それをヒラリヒラリとかわしてから、ルシアンは宰相の顔に戻って訊ねた。

「それで、作業の進み具合はいかがです？」

「うん、思ったよりペース速いぜ。若いヤツ等だけじゃなくって、年寄りも子どもも、みんな手伝ってくれるからな」

「それはあなたが、国王自らが、泥にまみれて復旧に奔走なさっているからですよ。その一生懸命なお姿に、私を含め、国民が心を動かされるのです。彼等はきっと、あなたに大いなる期待と信頼を寄せていますよ」

「そ、そっかなー」

褒められたのが嬉しかったのか、サスキア王はバスタブの縁に両手で摑まって、照れ臭そうにエヘへと笑った。

こういう時の表情は、子どもの頃とちっとも変わらない。ルシアンは懐かしい思いに囚われて、思わず目を細めた。

「よく、ここまで成長なさいましたね。あなたには少々厳しい事を言いすぎたかと、時に自分でも思いましたが——」

「何だよ、わかってんじゃないか」

「もちろん、これからもまだまだ成長していただかなくてはなりませんがね」

どこか偉そうに顎を突き出した若い君主に釘を刺す。

「結局それかよぉ」

そう言ってサスキアは脱力した後、幾分顔を引き締めた。

「けどな、ルシアン。オレはただ、みんなで楽しく賑やかにやりたいだけなんだ。そのためにやらなきゃならない事があるってんなら、やってやる。本当にそれだけだ。おまえは、オレを立派な王様にしたいみたいだけど……」

「いいんですよ、それで。あなたのその屈託のない明るさが、周りの者を元気づけてくれるのですから。そうでなければ、私も八年もの潜伏生活にはきっと耐えられませんでしたよ」

だから、十分立派です――。

そう心の中で呟きつつルシアンがほほえむと、サスキアが意外そうに目を丸くする。大人でしっかり者のルシアンを子どもの自分が元気づけていたなど、きっと思ってもみなかったに違いない。

「マ、マジで――？」

「ええ、『マジ』で」

「まぁ、なぁ……」

若い王は顔を赤くしてポリポリと頭を掻き、それから、少しばかり遠い目をしてバスタブに寄りかかった。

「あの頃は、食うもんも着るもんも、手に入れんのが大変だったもんなぁ……」

辺境の氷原地帯では、実際、生活に最低限必要な物資すらもままならず、不自由で辛い生活を強いられたのだ。

「本当に、ご苦労をおかけして――」

しみじみと言いかけたルシアンを、サスキアがどこか憤然と遮った。

「なぁに言ってんだよ。苦労したのはルシアンだろ。オレに食わせるために、ずっと南方の砂漠まで食料の調達に行ったりして」

「しかしそれは、ガレス政権の偵察をかねた、『光の教え』との密談のついでで――」

胸の奥がチクリと痛む。その密談の後で自分はいつも――。

過去の罪がさっと頭を掠め、ルシアンは思わず言い淀んだ。

そこへ、どこか苛ついたサスキアが、

「けど、この風呂にしたってそうだろ。入る機会なんて滅多になかったのに、おまえはいっつもオレに気ぃ遣って、ゆっくり湯に浸かった事なんかなかったじゃないか。オレ、いっつも悪ぃなって思ってたんだぜ？」

「そ……れは…………」

ルシアンは、鳩尾の辺りに鋭い一撃を食らったような気がした。

たった今サスキアが言った事は、事実であって事実でない。彼は知らないだけなのだ。

サスキアが身じろぐ度に、泡だった湯の表面がゆるやかに揺れる。

前に、後ろに。

ゆらゆら、ゆらゆら…………。

その揺らめきが、過去の記憶を色鮮やかに呼び起こす。

黄色い砂漠と緑のオアシス。

青い屋根の宿に、金色の足の生えた黒いバスタブ。

そして、赤い……赤い髪の男――。

氷原で凍えた肌をゆっくりと溶かしていくようなミルク色の泡を立てながら、あの男はいつも遠慮がちに私に触れた。あの、身の丈ほどもある聖剣をたやすく振り回す手で――。

そして、互いの身体で交わしたのは情ではなく、決して相手を裏切らぬという揺るぎない証。同じ目的を達成するため、言葉以上のより深い繋がりを求めただけ。

だが――。

たとえ情を交わさずとも、触れ合う肌を通して染み入ってくるものがある。

それはたとえば、その背に負うものの重みや胸に抱く思い、生き様、物事の捉え方、そう言った目に見えないもの――。

夜を重ねる毎に、少しずつ積み重なっていった互いへの――あれを人は、何と呼ぶのだろう。

共感？　理解？

それとも、もっと別の何か――？

……いいや。

あれは単なる幻想。独りよがりだったのだ。

そうでなければ、あの男はなぜ――。

「……シアン？　ルシアンって！」

「え？　あ――」

呼びかけられて、ルシアンは碧い瞳を数回瞬いた。記憶の中の男が掻き消え、代わりに見慣れたサスキアの顔に焦点が合う。

「何だよ、人がせっかく話してんのに、風呂ん中見ながらぼーっとして？」

「い、いえ、別に……」

悟られてはならない。自分ですら理解できない胸の痛みを――。

情けなく歪んでいたであろう表情を慌てて取り繕うと、その胸の内を知ってか知らずか、深緑の瞳がキラッと悪戯に光った。

「あー、もしかして、前みたいに一緒に入りたいんだろ？　いいぜいいぜ、入れよ」

サスキア王がだいぶ泡の消えた湯の中をザバザバッと移動して、もう一人入れるほどのスペースを空ける。

そのどこか子どもっぽい仕種に救われて、ルシアンは小さくほほえんだ。

「遠慮しておきます。二人で入ったら、確実に湯が溢れてしまいますからね。すみません。少し、疲れているようです」

「おいおい、しっかりしてくれよ」

サスキア王の利かん気の強そうな眉が、たちまち心配そうに寄せられる。

「復旧の方はもうすぐ片づくけど、その後にゃ新しい国造りが待ってんだぜ。おまえがいなきゃ、オレも国も行き詰まっちまう」

「ええ。あなたの望む、皆がもっと自由に伸び伸び暮らすための国造りです。政治、経済共に風通しをよくし、国の未来のため教育にも力を入れていく――疲れてなど、いられませんね」

ルシアンが頷くと、サスキアはほっとしたように眉を開いた。

「それから、ガレスのとち狂った研究や実験で心も身体も傷ついた人たち――あの人たちのケアもしていくんだろ？」

ガレスは古(いにしえ)のＤＮＡ操作技術を復活させ、頭脳・肉体共に優れた兵士を生み出す研究や、不老不死の研究に明け暮れ、神をも恐れぬ人体実験を繰り返していたのだ。

ガレスが敗走し、サスキア軍がこの城に入った時、地下の研究施設には、実験台になった人々が数十名収容されていた。

しかし、そこにいなかっただけで、実験の犠牲者はもっと大勢いるはずである。

「彼等は、未だに悪夢から覚めないで苦しんでいるはずです。放ってはおけません」

機械だらけの施設で鎖や実験装置に繋がれていた犠牲者たちの痛ましい姿は、まだ記憶に新しい。

「オレもルシアンが連れ出してくれなかったら、きっと同じ目に遭ってたんだよな……」

どこか苦しげに眉を寄せ、サスキアが小さく呟いた。

遠い日の痛みを思い出し、ルシアンの紺碧(こんぺき)の瞳がさっと翳(かげ)る。

実はクーデターの後、ガレスはサスキアの御守役だったルシアンに恐るべき実験の光景を見せ、サスキアを実験台にされたくなかったら、自分の傀儡(かいらい)王になるよう説得しろと脅してきたのだ。

ガレスはサスキアを担ぎ出す事でクーデターを正当化させるつもりだったらしいが、ルシアンはどちらもさせじと、わずかな数の側近と共にサスキアを連れて逃げた。

「結局、ガレスの狂気を見逃し、国を見捨てた形になってしまいましたが……」

「オレたちはこれから、その償いをしてかなきゃな」

「ええ。それが私たちの使命です」

　静かに、しかし確固たる口調でルシアンが言うと、サスキアが湯の中から腕を伸ばし、ルシアンの手をぎゅっと握り締めた。

「ルシアン、ずっと俺の側にいてくれよ」

「サスキア様……」

　いつもは自信に満ち溢れた緑の瞳に、不安が滲んでいる。

　成長したとは言っても、まだまだ子どもなのだ、この王は——。

　胸の内でまた新たなる庇護欲と忠誠心が湧き上がり、ルシアンはサスキアと同じ強さでその手を握り返した。

「もちろんですよ、サスキア様。お側にあってあなたを守り補佐する——そのために私は存在しているのですから」

「よ、よかったぁ。『氷原の青い月』がいないオレの人生なんて、考えられないぜ」

　苦楽を共にしてきた側近としては当然のルシアンの台詞だったが、サスキア王は詰めていたらしい息を吐き、あからさまな安堵を見せた。

　それをいささか妙に感じながらも、ルシアンは自嘲混じりに言ってみる。

「おや、よろしいのですか？　その男は、時に冷酷、時に非情になりますよ？」

あの男もきっと、そう思っているはず――。

「違う！　オレのルシアンは美人で秀才で、確かに性格キツくてみんなに煙たがられてるけど、同時にすっごく信頼されてるんだ！」

サスキアが湯から勢いよく立ち上がり、手を拳に握って反論したが、ルシアンは静かにほほえみ返しただけで、主君にタオルを手渡し、浴室を後にした。

＊

夜は魔物だと、ルシアンは時々思う。

昼間考えないようにしていた事柄や、気づかずにすんでいた感情が、時折己の意思とは無関係に、まるで幽鬼の如く闇の中に浮かび上がってきて、日々の激務に疲れた心と身体を苦しめるのだ。

そんな夜は、当然眠れない。目を固く閉じ、眠ることだけが目的の簡素なベッドを右に左にと軋(きし)ませる。

まだ若いサスキアを補佐して国造りをせねばならないルシアンにとって、眠りはある意味、重要な義務だ。睡眠不足のぼうっとした頭では、どんなミスを犯すかわからない。

と言って、忙しい身ではそれほど睡眠に時間を割(さ)けるわけもなく、できるだけ短時間で深い眠りを

心がけているが、眠らねばと思えば思うほど、眠りは訪れてくれないものだ。

今夜もやはりそうだった。

昼間にあれこれと、過ぎ去った事を思い出したのがまずかったか……。

新しく作る議会の事などを努めて考え、直視したくない事実や感情から意識を逸らしているうちに、ようやくとろとろと眠りが訪れた。

と、思ったら——。

濃紫の瞳が、じっと自分を見つめている。何を言うでもなく、どこか思い詰めたように……。

なぜ？

私に、口づけようとでもしているのだろうか——？

まさかそんなはずはない。

あの男が私に口づけなど、するはずがないのだ。

それはそうだろう。彼は元々、男が好きなわけでも、私が好きなわけでもないのだから。

その証拠に、自分から肉の繋がりを求めておきながら、いつもどこかぎこちない義務的な手で私を抱いた。二人の間にきっちりと線を引き、それを越える事も、越えさせる事もしなかった。

それでも、あれは決戦前の感情の昂ぶりのせいだったのか——。

いつもの宿の、いつものベッド。

濃紫の瞳が間近に迫り、熱い唇が初めて——そう、初めて激しく私のそれを貪った。

閉じた瞼の裏が、焼けつくばかりに熱い。

二人の初めての口づけが、互いの理性を急速に麻痺させていく。

男は何も言わず、荒っぽい愛撫を施した。

いつもはそろりと触れてくる指を性急に突き立て、いつの間に探り当てていたのか、触れられればどうしても狂おしくなってしまう箇所を嬲る。

共にすごした分だけ馴染んだ身体は、正直に悦び、うねり、貪欲に男の指を締めつけた。

両の足首を摑んで大きく広げられ、突き入れられた時には、怺えきれずに上げた声にはっきりと甘さが混じっていた。

男が堰き止めていた何かを一気に解放するかのように、激しく身体をぶつけてくる。

穿たれ、奥を突かれると、閉じる事を忘れた唇から、あられもない声が漏れ出しそうで怖い。

それを察したか、男が再び唇を塞いできた。

息を詰め、背中を反らし、眉を寄せて腰を捩ってしまうのは、苦しいからか、それとも気が遠くなるほどに悦いからか。

ああ。もっと、わけがわからなくなるほどに乱して欲しい——！

そう思ったとたん、男との間で張り詰めていた己自身が、不意にぬるりと、男の熱く湿った唇に吸い込まれた。

馬鹿な——。

そんな事はあり得ない。

現に、彼はこうしてこの身を深々と貫いて、前に後ろに揺さぶっているではないか。その唇が、そこに触れ得るはずがない。

これはいったい何だ？

夢か？　妄想か？

いずれにしても、あまりにも浅ましすぎる。

慌てて身を引こうとするが、己自身にきつく纏わりついてくる舌が、奥に深く打ち込まれた楔が、それを許さない。

強く吸われ、同時に激しく穿たれて、下肢に甘い痛みが湧き起こる。

理性はほとんどないに等しく、触れ合い擦れ合う粘膜で生じる官能の疼きに支配される。

ああ、いけない。

何もかもが、爆ぜてしまう――。

「――――っ！」

ルシアンは、ベッドにガバリと跳ね起きた。

「……夢――――？」

情けなくも、その声は上擦っていた。心臓が大きく弾み、息が激しく乱れている。

まったく、なんという夢を見るのだろう。

確かに、決戦前の逢瀬は妙に気持ちが昂ぶって、かつてないほど激しく抱き合った。口づけられたのも初めてで、それは間違いなく夢の通りだ。

が、あの男に、あんな風に己自身にまで唇を――という事実は一度もない。

なのに、あれは何だ？

あれが私の願望だとでも言うのか――？

ルシアンは、掻き毟るように髪の中へ手を入れ、頭を抱えた。

あの赤い髪の男とは、互いに背負った使命を果たすために抱き合っただけで、それ以上の理由などない。想いを交わしているわけでも、求め合っているわけでもないのだ――！

そう必死で自分に言い聞かせるのに、妙な背徳感が背筋を痺れさせ、己の深い所から湧き上がってくる妖しい疼きが身体を熱くさせている。

それは、正常な若い男ならば当然の性衝動だ。いくら激務に忙殺され、綿のように疲れていようと、関係なしに襲ってくる。

以前にしてもそうだった。幼いサスキアを守り育てつつ、対ガレス勢力を成して政権奪回を狙いつつ、癒しきれぬ心身の疲弊を抱えつつ、それでも性衝動は湧き上がってきた。

今更、罪悪感を抱く必要はない。

ルシアンは思い切って、昂ぶる己自身に手を伸ばした。そのまま機械的に擦り上げ、吐き出すためだけの快楽を追う。

吐き出しさえすれば、それで終わるのだ。

淫らな夢のせいか、身体はすっかり欲情していたらしく、さほど時間をかけずとも欲望を吐き出す事ができた。

「はっ……ぁ――っ………」

息を詰め、身体から狂おしい熱が引いていくのを待つ。

だが、自分で触れただけの身体はなぜか満たされず、心まで巻き込んで、空しさを募らせていくばかりなのだ。

そしてその空しさの向こうに、燃えるような赤い髪がちらちらと見え隠れする。

そうだ。

あんな夢を見ておきながら、今更ごまかしても仕様がない。

本当は、この身も心も、あの男に激しく貫かれ、深く穿たれたいのだ――。

そんな自分が、涙が出そうなほどに情けなかった。

仮にも、自分はかつて、幼君を擁して反ガレス勢力を作り上げ、その冷厳とした聡明さを畏れ称えられ、『氷原の青い月』と呼ばれた男なのだ。

それがたった一人の男のせいで、肉体の衝動に脆くも翻弄され、愚かしいまでに心を波立たせてしまう。

常に主君を、国を思い、グレートレイクの静かな湖面の如く泰然としていたいのに――。

ルシアンは固く目を瞑り、ゆっくりと呼吸を繰り返す事で、乱れる息と心を整えた。

「ふっ……う、……ふ………」

負けるわけにはいかない。

自分の中のこの弱さに。

そして、自分の内を、いつの間にか勝手に侵食していたあの男に――。

そう強く心に唱え、ゆっくりと碧い目を開く。

ふと気がつけば、窓の外がだいぶ白んでいた。いくらも眠った気がしなかったが、もうすぐ夜が明けるのだ。

新しい一日が始まれば、またサスキアを助けての国造りがルシアンを待っている。

今までと何も変わらない。

心と身体を乱すだけの感情など、自分には必要ないのだ――。

3.

だが、その知らせを受けた時、ルシアンのとった行動は、まったく普段の彼らしからぬものだった。

その日は朝から快晴で、復旧作業もずいぶんとはかどったのだが、夕方になってにわかに空が翳り、雨となった。

何だか厭な雨だ……。

作業の後片づけを指図中、不意に胸騒ぎに襲われたルシアンの元に、西の砂漠へ偵察に出していた部下から急報が届いた。

「なにっ、ローグ卿が――？」

知らせには、ガレス追討作戦展開中、ローグ卿を含めた光の騎士団の半数以上がガレス側に捕らわれ、アジトの廃屋へ連れ去られたとある。

そしてそのアジトでは、どうやら再び妖しげな実験が行われていると――。

ルシアンの脳裏に、八年前に見たガレスの恐ろしい実験光景が甦った。

本人の意思とは無関係に行われる卵子や精子の採取、取り出された細胞や臓器の培養、クローン技術を使った身体パーツの複製。

そして、人を思いのままに操る薬物の開発――。

心身共に傷ついた人々が大勢いると、つい昨日、サスキアと話したばかりだった。

捕らえられた光の騎士たち。

捕らえたのは、人を実験サンプルとしてしか見ない狂人だ。

いったい、どんな目に遭わされる事か。

強靭な肉体を誇るローグ卿など、最強兵士を造り出すための肉体改造や劇薬耐性テストの実験台にされ、身も心も狂わされ破壊されて――。

「――――っ！」

考えただけで、恐怖に激しい身震いがする。

ルシアンは、すぐさま行動を開始した。

今から馬で駆ければ、明け方には西の砂漠に着けるだろう。

＊

夜の砂漠を月明かりだけを頼りに、ルシアンはただひたすらに駆けた。後に続くのは、十数名の騎馬小隊のみだ。

捕らわれた光の騎士たちを救出するには少々心許ない数だが、少人数の方が迅速に動けるという事もあり、取り敢えず手近な兵士だけを集めて来たのだ。

気が急くあまり、サスキア王に許しを得るどころか、話すらしていない。

それが宰相としては明らかに職務違反であり、許されない事だとは思ったが、今のルシアンに、自分の立場やサスキアの事をじっくり考える余裕はなかった。

一分一秒でも惜しいのだ。

現に、『馬を少し休ませては――』と言う兵士の提案をこうして聞いている間にも、ローグ卿は実験用の劇薬を投与されているかもしれない。

いや、悪くすれば、自分たちが到着する頃には既に手遅れで、物言わぬ冷たい骸となった彼と対面という事も――。

「…………っ！」

「ラロック宰相、どうなさいました？」

「何でもない」

平然と答えはしたものの、兵士たちと馬を岩陰に寄せる美貌の宰相は、まるで幽鬼に取り憑かれたかのように蒼ざめていた。どうかすると、身の毛がよだつような怖気や吐き気までが込み上げてくる。ルシアンはそれを兵士たちに気取られぬよう、ぎゅっと口元を引き結んで怺えた。

こんなのは、ちっとも自分らしくない――。

近くの岩に寄りかかりながら、ルシアンは城を出てからもう何度繰り返したかしれない台詞を、胸の内で再び呟いた。

失敗は許されないと覚悟を決めて臨んだガレスとの決戦前ですら、これほど恐怖に駆られたりはしなかった。

いいや。もしかしたら、自分は今回の事態をあまりにも悪く考えすぎているのかもしれない。捕まったからと言って、必ずしもガレスの実験台にされるとは限らないではないか。

だが、そう思う端から血にまみれたローグ卿の凄惨な姿が浮かんできて、もう居ても立ってもいられなくなる。

ああ、私があんな危険な任務に向かわせたばかりに——！

その胃を引き絞られるような思いが、単なる責任感からなのか、それとも違う別の何かなのか、ルシアンにはわからない。理由などは、取り敢えず後回しだ。

灼熱(しゃくねつ)の昼間と違い、砂漠の夜はかなり冷える。瞳と同じ紺碧のマントで無意識に身体を覆いながら、ルシアンは寄りかかっていた岩から弾かれたように離れた。

「諸君、悪いが一刻を争う事態なのだ。先を急ごう」

傷ついたローグ卿がこの寒さに晒されていないという保証は、どこにもないのだ。

＊

まだ明けきらぬ砂漠の朝を、キン、キンと刃物の激しくぶつかる音が無情に切り裂いていく。

西の砂漠に到着したルシアン一行が、息つく間も惜しんでガレスのアジトに奇襲をかけたのだ。

応戦するのは、肉体増強手術を施されていると噂のガレスの親衛隊だ。

「危ない、よけろ！」

身体の異様に大きい一人と斬(き)り結んでいたルシアンは、聞き慣れたその声に振り向いて、美しく碧い眼を瞠(みは)った。

「ローグ卿！　ご無事でしたか！」

安堵のあまり思わずそう呼ばわった一瞬の隙を突き、横からまた別の一人が襲いかかって来る。

紺碧のマントを翻し、とっさに斬り返しはしたものの、反対側から振り下ろされた棍棒(こんぼう)が金の髪を掠め、ルシアンはその手から剣を叩き落とされてしまった。

「——っ！」

「ルシアン、早く拾うんだ！」

輝くメタルブラックの騎士装束に身を包んだローグ卿が、鋭い目を怒らせて叫ぶ。

捕らわれているはずの彼がどうやって逃れたのかはわからなかったが、拾えと言われても、敵味方入り乱れての戦いとなれば、落とした剣など拾っている余裕はない。

素手で防戦するルシアンの元に、長身のローグ卿が疾風の如く駆け寄ってきた。身の丈ほどもある聖剣で敵を薙(な)ぎ倒しつつ、燃え立つような赤い髪をなびかせて——。

そう。ルシアンが連日のように執務室から眺めていた、西の大地を染めて沈む雄大な太陽と同じ、強く心を動かされる赤だ。

「ぼやぼやするな！」

その声にはっとし、美貌の宰相が敵の一撃を視界の隅に捉えた瞬間、

「え——？」

ガチンと剣が激しくぶつかる音と共に、ルシアンの身体はぐいとばかりに逞(たくま)しい腕に抱き寄せられていた。

　懐かしい匂いが、ルシアンの鼻腔からふわりと胸に忍び込んでくる。眠れぬ夜のしじまに、思い出す事を自らに禁じてきた匂いだ。

「『氷原の青い月』と呼ばれた男が、戦闘中にそんな顔をするな！」

　ローグ卿が激しい舌打ちと共に怒鳴った。濃紫の瞳がひどく苛立っている。

　かつての名を呼ばれた事で、ルシアンは一気に持ち前の俊敏さを取り戻した。

　と同時に、まだ自分の肩を強く抱いている男との過去に、ほんの一瞬でも気を取られた事が無性に腹立たしくなる。

「私がいったいどんな顔をしたと言うのです！」

　厚い胸を押し返して抱擁から逃れると、ルシアンは素早く剣を拾い上げた。

　見れば、光の騎士団もいつの間にか戦闘に加わっており、ガレス親衛隊が追い詰められた獣さながら、闇雲に飛びかかって来る。

　それを次々と鮮やかに斬り伏せていくルシアンの背に、赤い髪の騎士が不敵に笑った。

「それは、こいつらを片づけてから教えてやる――」

*

　ガレスの親衛隊をひとまず撃退し、岩山にある騎士団の隠し砦（とりで）に引き上げると、ローグ卿はいきなりルシアンを奥まった洞窟へ連れ込み、語気も荒く詰め寄った。

「まずは答えてもらおうか。サスキア王と国内の復旧に忙しい宰相様が、なぜこんな所にいる？　貴公、いったい何をしに来た？」

洞窟内の灯り(あか)りに浮かび上がる尊大に組んだ腕と非難に満ちた表情に、ルシアンの柳眉が不快に寄せられる。

「それは、貴殿がガレス追討作戦中に捕らえられたと聞いて――」

だからこそ、ルシアンは取るものも取り敢えず、急ぎ小隊のみを率いて駆けつけたのだ。サスキア王の許可すらも得ずに。

ところが、それに対する返答は、感謝とはかけ離れたものだった。

「はっ！　まさかそれで俺の身を案じてくれたとでも言うのか？　貴公らの政権奪回に力を貸した俺たちに、その尻拭いを押しつけておきながら？」

吐き捨てられた皮肉に、ルシアンの胸がチクリと痛む。その痛みは、尻拭いとは承知の上でローグ卿を出撃させて以来、ルシアンに影の如くつきまとっていた罪悪感だ。

だが、感情にばかり左右されていたのでは、組織も人も立ち行かなくなってしまう。それは、常にガレス軍に脅かされた潜伏生活の中で、ルシアンが一番初めに学んだ事だった。

ルシアンは昂然(こうぜん)と頭を上げると、その端整な顔から表情を消し去った。

「尻拭いとはまたお言葉の悪い。長年ガレスの迫害に苦しめられてきた『光の教え』にしても、ここで奴を滅ぼしておかねば後々憂いを残す事となりましょう。しかも、奴等が逃げ込んだこの地は、貴殿らがもっとも得意とする砂漠地帯ではありませんか」

　光の騎士団にガレス追討を要請したのは、そういう理由もあったのである。『光の教え』は元来、砂漠地帯で生まれた宗教なのだ。

　騎士団による追討の正当性を説いたレヴァイン国宰相に、ローグ卿がさも面白くなさそうに鼻を鳴らした。

「確かに、砂漠が本拠地の俺たちにしてみれば、この辺りなぞ庭みたいなものだ。だがな――」

　眼力を込めた濃紫の瞳が硬質に光る。

「だからこそ、俺がわざと捕らわれたとは考えなかったのか？」

　し……まった――！

　音を立てて息を飲み、ルシアンはぎゅっと唇を噛み締めた。背筋につうっと嫌な汗が流れる。

　自分とてこれまで数々の戦略を立て指揮してきたと言うのに、なんと迂闊だったのだろう。

「どうやら考えなかったようだな」

　ローグ卿が、皮肉を込めて唇の端を吊り上げた。

「貴公も報告を受けていたはずだ。ガレスの奴は性懲りもなく、また妙な実験を始めていた。だから俺たちは、破壊工作のために侵入した。捕らわれたと見せかけてな。それを貴公は、おめでたくも鵜呑みにしたってわけだ」

「――っ」

ローグ卿の一言一言が、鋭い刃のようにルシアンのプライドに突き刺さる。

「まったく、『砂漠の赤い星』も見くびられたものだな」

ローグ卿が、吐き出すように言った。

『砂漠の赤い星』とは、『光の教え』の拠点だった砂漠一帯の秩序を守る、赤い髪の騎士への尊称だ。砂漠に暮らす者、旅する者なら、誰しも一度はその恩恵を受けていると言われていた。

「そう…でした。神出鬼没、知略と勇猛で名を馳せた貴殿が、むざむざ敵の手に落ちるなどあり得ない事でした……」

だからこそ、教主ヴィーダも、遠くガレス追討に赴くローグ卿の心配なぞしなかったのだ。

それはルシアンの与り知らぬ事だったが、それにしても、ローグ卿危機の知らせに慌てたあまり冷静な判断を欠いてしまったとは、愚かと言うより滑稽ですらある。

しかも、無関係の善良な兵士まで巻き込んで――。

らしくもなく動揺する碧眼に、ローグ卿はいささか驚いたようだった。濃紫の瞳を見開き、戸惑いがちに何か言いかけたが、思い直したように口元を引き結ぶと、投げ遣りに言った。

「いずれにしても、厄介払いができなくて残念だったな」

「厄介払い？」

「そうだ。貴公は俺が目障りだった。だから自分から遠ざけ、ガレス追討に向かわせた。うまくいけば、戦死という事もあり得るからな。違うか？」

「ち、違います、私はそんな——！」

あまりにも思いがけない非難だった。

その能力を買っているからこそ、ローグ卿にガレス追討を依頼したのだ。武運を祈りこそすれ、うまくいけば戦死などと、考えた事もない。

たとえ、もしそうだとして、それではなぜ自分は、愚かにもこんな所までローグ卿を救出に来たと言うのだ？

キッとなって反論しようとしたルシアンに、ローグ卿が苦く笑った。

「無理に言い繕わんでいい。俺が先に貴公の名誉を傷つけ、怒らせたのだ。俺たちが同盟の名の下に交わった事実を、戦勝に浮かれるサスキア王に暴露して——」

「………っ」

ルシアンの脳裏に、その時の衝撃が昨日の事のように甦った。

あれは、忘れもしない政権奪回を果たした戦勝祝いの夜。何かの拍子に、サスキアとルシアン、そしてローグ卿だけの三人になった事があった。

その時である。戦勝を素直に喜び、同盟相手の『光の教え』とその騎士団を称えるサスキア王に、ローグ卿が唐突に言った。

『その同盟相手を繋ぎ留めるのに、ラロック卿がいかなる犠牲を払ったかご存知か——』

あっ、と思ったが遅かった。ルシアンの鋭い制止を振り切って、ローグ卿は二人の肉体的な裏取引を暴露してしまったのだ。

その瞬間のサスキアの驚きと怒り、そして嫌悪に満ち満ちた深緑の瞳――。ルシアンはきっと、一生忘れる事ができないだろう。

その後、すぐ周囲に人が戻って来たため、話はそこで途切れたが、サスキアはひどく強張った表情で残りの夜をルシアンと目を合わさずにすごし、以来、ローグ卿との件については、一切無視を決め込んでいるようだ。

ただ、何かの折にローグ卿と同席したりすると、妙に苛々と怒りっぽくなる。

何と言っても、サスキアはまだ十八。綺麗事(きれいごと)だけではすまない政治駆け引きとは無縁の、純粋な心を持っているのだ。それをひどく傷つけてしまったかと思うと、ルシアンは未だに胸が痛んだ。

が、それにも増して辛かったのは、きっかけは何であれ、夜の闇を分け合った、言わば共犯者であるローグ卿本人に秘密をすっぱ抜かれた事だった。

確かに、二人の関係は、単に相手方を繋ぎ留めておくだけのもので、そこに親しさとか優しさとかいった特別な感情がない事は、端から承知の上だった。

それでも――。

ルシアンは、抱き合った夜の数だけ、交わした熱の量だけは理解し合えたと思っていた。言葉ではなく、直接肌を通して、互いの生き様や信念、教団や国に対する思い入れといったものを――。

だからこそ、ローグ卿が互いの立場も顧みず、秘密を暴露するような事などないと思って——いや、はっきり言って、信じていた。

なのに、それを当のローグ卿に、あっさり裏切られてしまったのだ。

「明るみにすべき事ではないと、わかってはいたのだが、な……」

今更ながら、ローグ卿が自嘲めいて呟いた。

では、なぜ——？

その問いかけが、出口も見つけられずにルシアンの胸の内をぐるぐる回る。

込み上げてくるのは怒りではなく、言いようのない切なさと空しさだ。理解し合えたと思ったのは、すべて幻想、独りよがりだったのかと——。

だが、『氷原の青い月』と呼ばれたプライドが邪魔をして、ルシアンにはローグ卿の真意を訊く事ができない。それでなくても、感情に突っ走って情報の裏も読めず、のこのことこんな所まで出張って来てしまったのだ。

「貴公が怒るのも当然だ。憎まれ、遠ざけられても仕方がない」

どこかしおらしくさえ感じられるローグ卿の台詞だったが、ルシアンにしてみれば、もうこれ以上の失態は見せられない。

「いいえ、ローグ卿。貴殿はガレス打倒の折の功労者。その貴殿を、どうして憎んだりするでしょう。それに——」

ルシアンはそこで一呼吸おくと、努めて平静を装って言葉を紡いだ。目の前の男に、心の乱れを悟られたくない。絶対に――。

「サスキア王に何と思われようと、我らは悲願を成し遂げたのです。王を傷つけてしまったのは確かに罪深い事ですが、私は自分のした事を悔いてはいません」

とたんに、ローグ卿の眦が吊り上がる。

「なるほど。男同士で抱き合う事への嫌悪は、元よりないというわけか。それで？　今度の男は、貴公のいったいどんな願いに協力してくれるのだ？」

「――っ！」

濃紫の瞳は明らかな嫉妬に満ちていたが、まるで目的毎に男を変え、擦り寄っていくのかと言わんばかり。その暴言に、ルシアンは頬を張り飛ばされたような衝撃を受けた。

ローグ卿との始まりにしても、自ら望んだわけではなかった。

なのに、そこここで色を売るような安っぽい男だと思われていたのかと、屈辱のあまり麗容が蒼白になり、熱いものが喉の奥に込み上げてくる。

こんな侮辱を受けるほど、自分がいったい何をしたと言うのだ――？

「男など――」

悔しげに唇を噛み、ルシアンは金の前髪を揺らして俯いた。

「もう、貴殿で十分だ……！」

それは、今後二度と目的のために身を任せる事などない、という否定のつもりだったが、聞きようによっては、貴男さえいれば何もいらないという強烈な睦言に取れなくもない。

実際、それが睦言でないと、ルシアンに言いきれただろうか。相手は事ある毎にその姿を思い浮かべ、心を悩ませてきた男なのだ。

どこか憎らしげにルシアンを見ていたローグ卿も、これにはさすがに面食らったようだ。その真意を測りかねてか、困惑気味に何やら考え込んでいる。

その隙を衝いて、ルシアンは反撃に出た。

「貴殿こそ――」

「お、俺が何だ！」

つれない男を怨じるような碧眼に、怖いもの知らずの騎士が初めて狼狽した。

「貴殿こそ、この地方にはいい女がたくさんいるから夜が楽しみだと、そう申されたではありませんか。騎士らしくもなく」

「それがどうした？　戦いも女も楽しむのが俺たちの流儀。それくらいの余裕がなければ、あのでかい教団なぞ守りきれはしない。それに騎士とは言え、生身の男だからな。だからここでも、夜な夜ないい女を抱いて寝るはずだった」

居直って、いけしゃあしゃあと言われた台詞が、ふと引っかかる。

「『はずだった』――？」

訊き返されて、ローグ卿が苦虫を噛み潰したように吐き出した。

「そうだ、『はずだった』！　だが、どんなにいい女を前にしても、貴公の面影が邪魔をする！」

「え――？」

「あ、いや――！」

しまったとばかり、ローグ卿が視線を跳ね上げる。

その跳ね上げた先には、純粋な驚きに見開かれた碧い碧い瞳――。

二人は数秒の間見つめ合い、そしてどちらからともなく視線を逸らせた。

ローグ卿は今、何を言ったのだ――？

その意味するところが、ルシアンには俄(にわ)かには信じられない。

それは言った方も同じだったようで、なんとなく気まずい、どちらかと言えば気恥ずかしい空気がその場に満ちる。

どう反応すればいいのかわからず、ルシアンは結局、また精一杯の平静を装った。

「そう言えば、戦闘中に私がどんな顔をしていたのか、教えてくださるはずでした」

「あ…あ、そうだったな」

「それでは、どんな――？」

どこか怖いような、やけに真剣な瞳をして、ローグ卿が近づいて来る。

もしや、訊かぬ方がよかったのだろうか？

「また——」

心の奥を震わせる深い声——。

そして、確かな重みを伴って、大きな手がルシアンの両の二の腕を捉えた。

「また抱いてもいいのかと、ついそう思ってしまう顔だ」

「——！」

濃紫の瞳に鋭く射抜かれた瞬間、ルシアンの脳裏に、赤い髪が肌を掠めてすべる狂おしい夜が一気に甦ってきた。

不覚にも、泣けてきそうなほどに切なくなる。息が触れ合う近さに眩暈すらしそうだ。

すべてを忘れ、その感情に身を委ねてしまえたら——。

心の奥底で、ちらりと本音が顔をのぞかせる。

「ほら、その顔だ。俺を拒絶したくせに、今になってなぜそんな顔をする？　貴公が何を考えているのか、俺にはさっぱりわからない」

ローグ卿の声は、明らかに苛立っていた。

だが、わからないのはルシアンも同じだ。

「拒絶？　私がいつ、貴殿を拒絶したと言うのです？」

「戦勝祝いの夜だ。俺が誘ったら、目的を達した俺たちに抱き合う理由があるのかと言って——」

「あ……」

ルシアンには、確かに覚えがあった。

だが、それは——。

「まさか……、だからサスキア様に、私たちの裏取引の事をばらしたのですか？」

「だったらどうした？　大人気ないのは百も承知だ。それに、貴公の苦悩など何も知らぬげに、戦勝に浮かれているサスキア王にも腹が立った」

子どものように不貞腐(ふてくさ)れるローグ卿に、ルシアンを苦しめていた疑問が晴れていく。理解し合えていると思ったのは、独りよがりなどではなかったのかもしれない。

胸に込み上げてくる期待と嬉しさが、同時に何だか面映ゆい。

「苦悩——とおっしゃいますが、それもまた王を補佐する私の役目。教主ヴィーダのためなら苦労も厭(いと)わぬ貴殿にも、それはよくおわかりでしょう」

「確かにな。だが、俺はずっと以前から気にかかっていた。貴公のその苦悩の中に、俺との関係も含まれているのではないかと——」

「それは、どういう——？」

これはまた意外な事を聞くものだ。ローグ卿が自分の苦悩を気にかけてくれるなど、夢にも思わなかった。ルシアンが訊き返すと、どこか辛そうな答えが返って来た。

「だから……、貴公はいつも、声も出さずにじっと耐えていただろう？」

「そ……れは——！」

いきなり交わりの最中の事を言われ、ルシアンはひどく焦った。この手の話は、はっきり言って得意ではない。

第一、大の男が組み敷かれて、みっともなく喘いだり乱れたりするわけにはいかないではないか。

しかし、正直に打ち明けるのもためらわれ、何か別の事を言わんとすると、

「そう言われる貴殿とて、いつも義務的な冷めた手で遠慮がちに私を――」

つい、恨みがましい言葉が、ルシアンの口を衝いて出た。

そんな自分に照れるよりも蒼ざめていると、濃紫の瞳がキッと見返してくる。

「それは仕方がないだろう。最初に難題を吹っかけたのは俺の方で、さすがに気が咎めていたからな。だが、決して冷めていたわけじゃない。むしろ、自分を極力抑えていた」

「な……ぜ――？」

もっと乱して欲しかったのに――。

自分でも予期しなかった本音を、慌てて抑え込む。

「二人の関係が、貴公の負担になっていると思っていたからな」

「負担？　負担になど――」

「だから、目的を達するなり俺を拒絶したのだろうと、そう思った」

「ローグ卿……」

かれこれ二年のつき合いになるが、ローグ卿がルシアンにこれほど率直に心中を語った事は一度も

なかった。

ならば、こちらもそれに応えるのが礼儀というものであろう。

ルシアンは心を決めて、濃紫の瞳をじっと見返した。

「ローグ卿、私は、あなたを苦悩の一つとして考えた事などありません。それに、あの戦勝祝いの夜、私はただ抱き合う理由を訊ねただけで――」

「俺を拒絶したわけではないと言うのか？」

赤い髪の騎士が、先を急かすように迫る。

ルシアンも今や、敢えてはぐらかそうとはしなかった。

「そんなつもりはなかった……。私はただ、二人の行為を正当化する理由が欲しかったのです。政権奪回の目的は達せられ、私たちが抱き合う本来の理由はなくなっていましたから……」

「正当化する理由か――。相変わらず堅苦しいな」

間近で笑う濃紫の瞳に、今にも吸い込まれてしまいそうになる。

「私はずっと、そうやってきましたから……」

「ルシー……」

ローグ卿が、語尾をぼかして低く呼んだ。

思わず、ルシアンの全身が総毛立つ。

だが、それは決して寒さのせいでも、恐怖のせいでもない。

「ルシー、理由などは何でもいい。俺が触れたくて、貴公がそれを嫌でないのなら――」

男の熱い吐息がルシアンの唇を湿らせ、碧い瞳が官能の予感に潤み始めた。

「ローグ……卿――」

「ヴァンだ。こうやって触れ合う時は、そう呼ぶ決まりだった」

「ヴァン……。しかし、ガレスがまだ――」

一抹の理性を捨てきれないルシアンに、歯痒げな舌打ちが返って来る。

「それはまた、後の話だ――」

久しぶりの口づけは互いに息が上がるほどに激しく、ルシアンはそれだけで身体中が期待に疼いた。

本当に、いいのだろうか……？

ルシアンは痛いほどの口づけに溺れながら、自分に問いかけた。親衛隊を撃退したとは言え、ガレスはまだアジトの廃屋に立て籠もっているのだ。

だが、これからローグ卿との間で起こるであろう行為を思うと、ひどく胸が高鳴り、身体から力が抜けていってしまう。

いつの間に自分はこんな、劣情に身を焦がすような男になってしまったのだろう。

洞窟の硬い岩肌と、逞しく鍛え上げられた体軀とにぴったり挟まれ、ルシアンの心臓は焦れと期待で早鐘のように鳴っていた。

一時でも放すまいとばかり絡まってくる舌のせいで、息すらも上手く継げない。

浅ましく込み上げてくるのは、あの戦勝祝いの夜以来ずっと空虚だった自分を満たして欲しいという、激しい欲望だ。

この男が欲しい。

身体の一番深い所で触れ合いたい――。

そう思うと、思わずの喘ぎがはしたなく喉を上下させる。

「んっ、ふ……」

ローグ卿が、忙しない手で身体をまさぐってくる。押しつけられた身体で、彼もまた激しく欲情しているのがわかる。

ああ、素肌に纏った鎖帷子が邪魔だ。

この身体は、こんなにも直に彼の熱を求めていると言うのに――。

「騎士長、来ました！　敵襲です！」

隠し砦の入り口で、無情な声がした。

＊

「くっ、こんな時にっ――！」

ローグ卿は夢中で貪っていた唇から弾かれたように顔を上げ、近くの岩の表面をダンっと叩いた。

その拍子にルシアンがバランスを崩してふらつき、慌ててそれを抱きとめる。

くそっ、いいところだったのに！

月並みな台詞だが心底そう思い、ローグ卿はギリギリと歯噛みした。

二年前、聖堂を破壊され、放浪を余儀なくされた時もガレス憎しと思ったが、今ほど強烈ではなかったかもしれない。ローグ卿は、それほどこのタイミングの悪さを憎み、呪った。

「ローグ卿、ガレスが――！」

「わかっている！」

ああ、ルシアンがすっかり宰相の顔を取り戻してしまった！

つい先ほどまでは、ローグ卿の指の動きに合わせて切なげに喉を鳴らし、熱くなった身体を捩じらせてその欲望を伝えてきていたと言うのに、その切り替えの速さは、さすが冷厳冷徹な『氷原の青い月』と言ったところか。

未だ腕の中の麗人を恨めしげに眺めれば、その悠長さに焦れたか、抱擁を振り解き、碧眼がキッと見上げてきた。

「どうなさったのです？　急ぎましょう！」

まったく！

もう終わったものと諦めていた二人の間が、せっかく思わぬ良い方向に進展し始めたと言うのに、天にも昇る気持ちが台無しだ。

ガレスの奴め、八つ裂きにしてくれる！

「ローグ卿！」

「焦る必要はない。予期していた事だ。少々早すぎたがな」

ひどく不機嫌に答え、ローグ卿は岩に立てかけてあった聖剣に、ゆるりと手を伸ばした。

ルシアンが焦って追い縋る。

「どういう事です？　ご説明願います！」

「破壊工作に潜入した折に、ガレスの命より大切な研究データを盗んで来てやったのだ。そして奴等が攻撃して来たという事は、今頃アジトは研究施設共々炎上中で、敵は行き場を失ったという事だ」

「それはつまり、応戦の準備が既にできているという事ですか？」
二、三度、碧い眼を瞬いて、美貌の宰相が感心したように言った。
それが妙に癪に障る。ローグ卿は、ルシアンの細い顎を未練がましく捉えた。

「俺を見くびると、また失態をやらかすぞ」

とたん、未だほんのり欲情を滲ませていた瞳が、さっと凍てつく碧に変わる。顎に纏わりつかせていた指までが、邪険に振り払われた。

「ご心配にはおよびません」

軽い自己嫌悪に襲われ、ローグ卿はため息をついた。

「悪かった。怒るな、ルシアン。少し苛ついているだけだ」

「苛ついて——？　なぜです？」

「なぜって……」

平然と訊ける氷の男が恨めしい。

せっかく抑え込んだ不満が、ローグ卿の胸に再び沸々と湧き上がってきた。

「この状況で、なぜと訊くのか？　せっかく、夢にまで見た男が至近距離にいて、しかも、後少しで抱けるところだったのだ。苛つかない方がどうかしているだろう！」

「え、夢——？」

そう言って、なぜかルシアンが、ほんのりと目元を染めた。

恥ずかしいのは、冷たくされてばかりだったくせに、ずっと心を囚われていた自分の方だ。

「悪いか。俺とて夢を見る。あり得んと思いつつ、貴公を抱く夢をな」

「ヴァン……」

触れ合う時だけの呼び名で呼ばれ、ローグ卿の胸の鼓動が思わず跳ねた。

濡れたように艶を帯びた碧眼は夢の中と同じで、すぐにでも押し倒してしまいたくなる。

だが、今は——。

「まぁ、いい。ガレスの馬鹿をさっさと片づけて、ゆっくりと貴公を抱かせてもらう」

「加勢いたします。小隊を率いて来ておりますので」

一瞬、白い頬を朱が掠めたようにも見えたが、美貌の宰相が日頃の冷静な口調に戻って申し出た。

「一気に片づけてしまいましょう」

「それは、貴公も俺と同じ思いだと解釈していいのだな？」

「……お好きに解釈なさってください」

冷たい碧で睨みつつも、肩を抱けば素直に身を寄せる。ローグ卿の胸に、俄然、奮然たる闘志が湧いてきた。

ガレスなど、一瞬で蹴散らしてやるわ！

「ルシアン、貴公は先に王城に帰れ」

「なっ……何を言われます！　私の加勢などいらぬと——？」

まさかの言葉だったのだろう。傷ついてむっとした碧に、少しばかり心が痛む。

「そういうわけじゃない」

「ならば——！」

「だが、俺は自力で勝って帰って、今度こそ貴公と二人、ゆっくり戦勝祝いをやりたいのだ。サスキア王に難癖なぞつけられたくはない」

「サスキア王？　なぜ、王が難癖などつけるのです？」

心底わからないといった表情に、ローグ卿は苛つくより呆れてしまった。

騎士たちも待っている。そろそろ、自分も打って出なければならないのだが——。

「それは、王が嫉妬しているからだ。自分の知らぬ間に、愛するルシアンを抱いていた俺にな」

はっきり言ってやると、湖面を映したような碧い瞳が一瞬見開かれ、そしてさも可笑しそうに細められた。

「それは貴殿の思い違いでしょう。確かに王は、私が貴殿と同盟の裏取引をした事をお怒りになりました。しかし、嫉妬などとは――。図体は大きくなられましたが、心はまだまだ純粋な子どもでいらっしゃいます」

「何が子どもなものか。貴公を見る目――あれはれっきとした男の目だ。気づかなかったのか？」

「気づくも何も――」

「もういい。俺も、もう出ねばならん」

心持ち柳眉を不快に寄せたルシアンを、その言葉で制止する。

まったく、この男ときたら。

自分を守り育ててくれた相手に恋情を抱くなど、いかにも世間にありがちな事ではないか。聡明を謳（うた）われた『氷原の青い月』が、それに気づかぬとは――。

「とにかく、ガレスなんぞは、あっと言う間に打ち倒してくれる。貴公は一足先に帰って、俺を待っていてくれ」

「ローグ卿――」

まだ何か言いたげなルシアンをきつく抱き寄せ、その唇に激しく口づける。

「すぐに戻る。約束だ」

美貌の宰相は、それ以上何も言おうとはしなかった。

4.

ルシアン一行はガレスを迎え撃つ光の騎士団を残して西の砂漠を発ち、レヴァイン王国の領土内に入った頃には、すっかり夜になっていた。淡い月明かりに白く浮かび上がる道を、レヴァイン城に向けて一気に駆ける。

騎士団のその後が気にはなったが、ローグ卿がいる限りは大丈夫だと、ルシアンは確信していた。何と言っても、わざと捕らえられて破壊工作をした挙げ句、準備万端整え、敵をおびき出す作戦を実行するほどに豪胆沈着な男なのだ。すぐに戻ると約束したからには、きっと自分たちと前後して、意気揚々と凱旋してくるに違いない。

ヴァン……。

胸の内でそっと名を呼べば、あの鍛え抜かれた胸に抱き締められ口づけられた時の事が、妙にこそばゆい疼きを伴って甦ってくる。

大の男が何を浮かれてと多少情けなくは思うが、本当に何がどう転んだか、あれほどぎくしゃくしていた二人の関係がこれほど好転するとは、夢にも思っていなかった。

昼に夜に悩まされていたあの胸の痛みは、今やすっかり消え去って、その影すらもない。

代わりに何やらほの温かいものが込み上げてきて、ルシアンは喜びに思わず弛みそうになる頬をぐっと引き締めた。すぐ側を駆けている小隊の面々に見られでもしたら大変だ。

『氷原の青い月』の異名を持つレヴァイン国宰相は、国の水源であるグレートレイクの湖面の如く、常に泰然としていなければならないのだ。

それにしても、ローグ卿が私に拒絶されたと思い込んでいたとは意外だった……。

ルシアンは、幾分湿り気を帯びた夜風に白い頬を嬲らせながら思った。

本人にも言ったが、自分は単に抱き合う理由が欲しかっただけで——いや、厳密に言えば、それだけではなかった。

実は、悲願にも同盟にも縛られない自由な状況下で閨に誘われ、戸惑いと気恥ずかしさのあまり焦ってしまったのだ。だから、抱き合う理由があるのかなどと、言うに事欠いて、木で鼻を括ったような返事をしてしまった。

そして、『それもそうだな』と言って、そのまま引き下がったローグ卿を、心の底で密かにつれなく感じていたのだ。

だが、ローグ卿もいくら腹が立ったとは言え、言っていい事と悪い事があろうに、隠し砦での告白からすれば、あの裏取引の暴露劇は、彼なりのサスキア王への牽制だったのだろうか……？

ローグ卿がそこまで王を気にするのがルシアンには不思議でならなかったが、それでも、自分に触れたい、抱きたいと言った彼の事を思うと、身体の奥からじんわりと熱いものが湧き上がってきて、今度はそれがルシアンを甘く苦しめた。

とは言え、さすがに一日ぶりに跳ね橋を渡って城門を潜ると、ルシアンに宰相としての現実が舞い戻ってきた。

いずれにしても、まず、つけねばならないけじめがある。ルシアンは己の身勝手を詫びるため、王の居室のある左の塔に向かった。

*

夜と言ってもそれほど遅いわけでもなく、サスキア王の居室には、まだ煌々と灯りが点いていた。

王は夕食をすませ、気が向いていれば入浴もすませて、本でも読んでいるだろうか。

「サスキア様、いらっしゃいますか？」

いつものように声はかけたが、ルシアンは今夜ばかりは恐る恐る王の居室に入った。

慣れ親しんだサスキアの前に出るのに、これほど緊張するのは初めてだ。

ローグ卿との肉体関係を知られた直後ですら、王を苦しめたという罪悪感はあったものの、これほど緊張はしなかった。身体で裏取引をした事自体には、必要性を感じこそすれ、罪の意識を感じなかったからだ。

だが、今回は明らかにルシアンに非があった。サスキアは間違いなく、彼が独断で小隊を動かし、城を出た事を怒っているだろう。

小隊と言えども、国兵を動かす決定権は王であるサスキアにあるわけで、ルシアンはその権威を無視した事になるのだ。

しかも現在、国を挙げての復旧作業中。それを宰相が十数名の兵士と共に、はっきりとした理由も告げぬまま丸一日姿を消したのでは、他への示しもつかない。

サスキア王の返事がなかったので、寝室だろうと目星をつけて行ってみると、果たして彼はベッドの上で一人、本を読んでいた。

潜伏時代の名残か、サスキアは王となり傅かれる立場になっても、プライベートな時間にルシアン以外の誰かを側近くに置こうとはしない。

それで普段はルシアンも、御付の者を一人くらい置いてはどうかと勧めるのだが、今夜ばかりはサスキアが一人なのをひどくありがたく思った。

「サスキア様……」

「なんだ、帰ったのか」

王は本から顔を上げ、極めて単調に言った。それがかえって辛く感じられる。

ルシアンは寝室の入り口で、サッとサスキアに対して膝を折った。

そんな事をすれば、いつもなら『お互いそんなガラじゃないだろ』と言って膨れるのだが、今夜のサスキアは何も言わない。光の加減によっては黒くも見える深い緑の瞳で、じっとルシアンを見つめ

ている だけだ。

　その視線に急かされるように、ルシアンは頭(こうべ)を垂れ、謝罪の言葉を述べた。

「サスキア様、何より国の秩序を守らねばならぬ宰相の身でありながら、あなた様に無断で勝手な振る舞いをし、城を空けました事、誠に申し訳ございませんでした。この上は、いかなる処罰をも受ける覚悟でおります。ただ、私が率いて参りました兵士たちに罪はございません。どうか、彼等にはお咎めなきようお願い申し上げます」

　ところが、ルシアンが言い終わっても、サスキアは身じろぎもせず、ただ黙っているだけなのだ。

　普段は行動的かつ直情的すぎて困るくらいなのに、宰相の身勝手な振る舞いにそれほど呆れているのか、怒っているのか、それとも両方なのか——？

　その判断はつけかねたが、それにしても、この静寂がひどく息苦しい。

　どうせなら怒鳴ったり喚(わめ)いたりする方がサスキアらしく、むしろ自分も気が楽だと、ルシアンがそう思った時である。

「あいつ、本当に捕まってたか？」

　サスキアが不意に口を開いた。

『あいつ』とは、ローグ卿の事だろう。恐らくサスキアも、だいたいの事情は既に知っているのだ。

「い、いえ……、それはガレスを欺くための作戦で、実際は、破壊工作に潜入——」

「だよなぁ。『砂漠の赤い星』なら、そのくらいやって当然だ」

ルシアンの冷や汗ものの釈明を、サスキア王はいやにのんびりと遮った。

「教主様も、そう言ってたぜ」

その言葉に、ルシアンははっと端麗な面を上げた。

慌てふためいてしまった自分と違い、この若い主君は情報の真偽を判断するため、教主ヴィーダにもお伺いを立ててみたのだ。光の騎士団と常に行動を共にしてきた教主なら、確かにローグ卿の行動には詳しいはずである。

そんな事にも気づかなかったとは――。

ルシアンは蒼ざめ、今更ながら軽率だった己をひどく恥じた。

そこへ、王からの追い討ちである。

「なのに、『氷原の青い月』ともあろうおまえが、みっともなく泡ぁ食っちまったってわけだ」

「も、申し訳ありません……」

蒼ざめた顔を強張らせ、ますます恐縮して身を固くする。

すると、いきなり鋭く激した声が飛んで来た。

「そんっなに、あいつの方がいいのかよっ？」

「……っ？」

俯けていた顔を跳ね上げると、怒濤(どとう)の怒りを湛(たた)えた深緑の瞳が睨んでいる。

だが、唐突にあいつの方がいいのかと訊かれても、何に比べてなのかわからないし、まさか隠し砦での出来事をサスキアが知るはずもないのだから、ルシアンとて答えようがない。

とは言え、やはりローグ卿との久しぶりの触れ合いの事実が気恥ずかしくもあり、後ろめたくもありで黙っていると、再び答えを迫られた。

「オレは、あいつの方が大事かって訊いてるんだ！」

「大事か、と訊かれましても……。政権奪回の協力者ではありますし……」

聡明なはずの宰相は、ますます困惑して答えに窮してしまう。

「誰がそんな事訊いてるよ！」

王は明らかに苛ついて、持っていた本をバサリと後ろへ放り投げた。そしてベッドを飛び降り、大股でルシアンに近づくと、その肩を掴んで揺さぶり始める。

「何であいつなんだよっ？　あんな傲慢で無礼なヤツ、おまえが構う事ないだろっ」

「え？　あの……」

何だか、怒りの対象がルシアンの認識とずれているようだ。

てっきり自分の宰相らしからぬ行動がサスキアの怒りに触れたと思っていたのだが、どうやら彼が怒っているのは、ルシアンがそんな勝手をしてまで救出に行ったのがローグ卿だった——という事実に対してらしい。

しかし、確かに情報を鵜呑みにしたのは軽率だったが、自分が出兵させた将の危機は、救って然るべきではなかろうか。

それにサスキアにしても、いくら淫らな裏取引に腹を立てたとは言え、ローグ卿の事は政権奪回時の功労者として一目置いているはずだ。

それなのに、なぜ――?

さらに困惑を深めたルシアンに痺れを切らしたか、サスキアがガバリと抱きついてきた。

「おまえには、オレがいるじゃないかっ!」

「は――?」

「おまえはオレだけ見てればいいんだ! オレがずっとそうしてきたみたいにっ」

「――――っ!」

ここに至り、さすがにルシアンも、今夜の王の怒りが本当は何に根ざしていたかを悟った。それはあまりにもルシアンの考えからかけ離れていて、驚愕のあまり声も出ない。

そんな……。

そんな事が――――。

ローグ卿の言葉が、今更のように思い出される。

『王が嫉妬している』

『貴公を見る目は、れっきとした男の目だ』

それらの言葉を、自分はどうしたか?

笑ったのだ。それは思い違いで、サスキア様はまだまだ純粋な子どもだと――。

「何とか……何とか言えよっ！」

沈黙に焦れたか、サスキア王がルシアンの背を抱く腕にぎゅっと力を込めた。それは肺を圧迫して、苦しいほどだ。

「サス……キア様……」

背ばかり伸びてと思っていたが、いつの間にこれほど力が強くなったのだろう。いつの間に、こんな激情を抱くほど、大人びていたのだろう。

幼い頃のサスキアの表情が、ルシアンの脳裏に浮かんでは消える。泣いた顔、笑った顔、怒った顔、照れた顔、バツの悪そうな顔――。

サスキアが今見せているのは、そのどれとも違う、ルシアンの知らない顔だ。どう接してやればいいのか、皆目見当もつかない。

「ルシアンっ……」

サスキアが切ない声で唸(うな)り、荒っぽく唇を重ねてきた。

「――っ！」

それは歯がぶつかるような稚拙な口づけだったが、ルシアンはこの時現実に引き戻され、初めて焦りを感じた。

これはもう、自分がその懐に守り、時に叱咤(しった)、時に激励しながら育ててきた子どもではない。確とした己の意思を持った一人の男で、そして、自分が終生の忠誠を誓った主君――。

いけない、こんな事をしては――――！

ルシアンは唇の縛め（いまし）を解かんと、顔を背けようとした。その脳裏には、無意識に赤い髪の騎士が浮かんでいる。

だが、情熱に滾る若い唇は、ルシアンを放そうとはしない。

それどころかサスキアは、無礼にならぬよう小さく身じろいでいたルシアンを床に押し倒し、その上に伸しかかって来た。

その拍子に自由になった唇で、慌てて主君を諫める（いさ）。

「サスキア様っ、冷静に――！」

「なれるかよっ。ずっと側にいてくれるって言ったくせに！　あいつ――っ、あいつにおまえを盗ら（と）れるくらいなら、いっそ……っ！」

ひどく切羽詰った声で叫び、サスキアがルシアンの喉元に食らいついてきた。ぴったりと押しつけられた若い身体が、硬く欲情しているのがわかる。

「サ、サスキア様っ？」

ルシアンは激しくうろたえた。若い主君の自分への想いが肉体の欲求を伴ったものだと知り、再び衝撃を受けたのだ。

サスキアとて正常な男だ。性的欲求を持っても何ら不思議はないのだが、だからと言って、それを自分が受け入れられるかとなれば、話はまったく違ってくる。

いくら身命を賭して仕えてきた主君であっても、ルシアンはサスキアを性の対象として見た事は一度もなく、むしろ畏れ多いのを承知で言えば、弟のように大切に慈しんできたのだ。

第一、自分には約束がある。ローグ卿がガレスを討って帰還するのを待ち、二人で戦勝祝いをするという約束が――。

そう思った瞬間、ルシアンは暴走する若い身体を押し返していた。

「おやめください……っ」

だが、サスキアはルシアンを抱く手に、よりいっそう力を込めただけだった。まるで母親に縋りつく幼子のように――。

「ルシアン、オレを拒むなよ。おまえに拒まれたら、オレ……っ」

熱っぽい、それでいてひどく切ない訴えが落ちてきた。心なしか、声が湿り気を帯びて震えているように聞こえる。

サスキア様、もしや泣いて――？

そう思ったら、ルシアンの身体から、すうっと力が抜けてしまった。

長い潜伏生活の間、ルシアンにとって何が一番辛かったと言って、サスキアに泣かれる事ほど胸が痛んだ事はなかったのだ。

サスキアは逃亡中の王子という立場をわきまえた我慢強い子どもではあったが、それでも城とは打って変わった氷原での厳しい生活は辛かったとみえ、時折一人で隠れては泣いていた。ルシアンや周りの者に心配をかけまいとして、あの直情的すぎるサスキアが声を押し殺して――。

それがルシアンには胸を掻き毟られんばかりに辛く、以来、彼の中に、サスキアを泣かせてまでやりたい――もしくはやりたくない事というのは存在しなくなってしまった。

ヴァン――。

約束はもう、無理かもしれない……。

光の騎士団の隠し砦を出た時とは裏腹、ルシアンは泣くに泣けないひどく切ない気持ちで、碧い瞳をゆっくりと閉じた。

その刹那。

バンッと耳の横で激しい音がして、次いでサスキアの怒声が飛び込んできた。

「なんだよ、それ？　おまえ、オレをバカにしてんのかっ？」

ルシアンが目を開けるのと、サスキアが跳ね起きるのとは、ほとんど同時だった。

「サスキア……様？」

主君の突然の変心を訝（いぶか）って身を起こしつつ名を呼べば、射るような視線の緑の瞳が濡れていて、胸がぎゅっと苦しくなる。

「サスキア様、やはり泣いて――っ」

「うるさい！　ルシアン、おまえ今、オレが王様だから何されても仕方ないって、そう思って全部諦めようとしただろっ？」

「それは――っ、……しかし……」

『何をされても仕方ない』と言うのとは少し違うが、実際、ローグ卿との約束を諦めようとしていたルシアンは、答えに窮した。

サスキアが拳で目元を拭い、さも悔しげに吼える。

「なんでおまえはいっつもそうなんだっ？　なんでいつもオレのために、自分ばっかり抑えようとするんだよっ？」

「別に、私は――」

国を脱出せざるを得なかったサスキアを立派な王に育てるため、ルシアンはそうするのが自分の当然の役目だと、ずっと信じてきたのだ。よもやそれを責められるなど、思ってもみなかった。

「まさか、それでオレが嬉しいとでも思ってんのかっ？　たまにはオレなんか無視して、自分の気持ちを押し通してみろってんだ！」

「私の、気持ち……？」

押し通せと言われても、何をどこへ向けて通せばいいものやらわからない。感情は常に二の次で、物事を冷然と処理してきた男は、困惑するばかりだ。

その肩を再び摑んで、サスキアが焦れったそうに問うた。

「好きなんだろ？　あの男が！」

「――！　私は…………」

ずばりと訊かれ、思わず動揺を放つ。

それを自分への遠慮と取ったたか、若い王が苦しげに叫んだ。

「いいよ！　わかってんだよ、オレには！　どれだけおまえと一緒にいると思ってんだ。おまえが守役だった時期を含めて、十三年だぞ、十三年！」

「サスキア様……」

「おまえがオレの事ならたいていお見通しなように、オレだってわかるんだ！　おまえはあいつが近くにいると落ち着かない。あいつと話した後は、いつも辛そうにしてる！」

「――――っ！」

ルシアンは碧眼を瞠った。そんな素振りを見せているつもりなど、一切なかったのだ。

疑問が顔に出たのか、サスキアが不貞腐れたように言った。

「おまえは上手く隠してたさ。得意だもんな、感情抑えんの。けど、気づいたらいっつも思い詰めた目であいつを追ってるし、夕方には、夕陽を見ながらため息ついたりもしてる――」

「あ……」

まさか、気づかれていたとは――。

ルシアンは、サスキアの観察眼に密かに舌を巻いた。

が、それよりも、自分がそこまでローグ卿に意識を囚われていたという事実の方が、よほど驚きであり、気恥ずかしくもあり、また問題でもある。

そんな事だから、立場も顧みず、つい軽率な行動に突っ走ったりしてしまうのだ。

「そりゃ、最初は――」

ルシアンの懸念をよそに、サスキアは急に気が萎(な)えたように、ぼそぼそと口籠もった。

「最初は、あいつがオレたちに協力する代わりに、その……おまえに酷(ひど)い事をしたせいで、辛いのかと思ってたさ」

「酷い事――？　いいえ。あれはお互いが了解した上での行為で、私は何も、一方的に辱められたわけでは――！」

「わ、わかった。もうその話はするな！」

主君の誤った見解を正さんと試みた釈明を、サスキア自身が激しく遮った。

頰をうっすらと染め、怒ったようにしているところを見ると、性的な話自体が恥ずかしいのと、恐らくはルシアンのそういう話を聞きたくないのと、両方なのだろう。

この若い主君は、やはりまだ世間ずれしていない純な心を持っているのだ。

その考えは、ひどくルシアンを安心させた。

だが――。

「極めつけは、今回のおまえの勝手な行動だ」

話が自分の失態に戻り、ルシアンの全身に緊張が走った。

サスキアは対照的に、どこか寂しそうな口調だ。

「おまえってさ、こっちがムカつくくらい、いっつも冷静で、絶対に大丈夫だってわかってる事しかしない慎重派なくせに、あいつが捕まったって聞いたとたんに飛び出して行っちまった。それも、オレにひとっ言もなしにだ」

「申し訳、ありませんでした……っ」

再び深く垂れた頭を、サスキアの両手が上向かせる。のぞいてくるのは、真剣な深い緑の瞳だ。

「それってやっぱり、冷静さもぶっ飛んじまうくらい、あいつが好きって事だろ？」

ルシアンは、心からサスキアの真剣さに応えたいと思った。それが、勿体なくも想いをかけてくれる主君への精一杯の誠意だ。

だから、しばらく心の襞を吟味した後、嘘偽りのない本心を吐露した。

「……ローグ卿が好きかと訊かれれば、何と答えていいかわかりません」

「わからないって、おまえ……」

サスキアは呆れて目を丸くしたが、ルシアンはとにかく、好きとか嫌いとか、そう言った感情レベルで人と接してこなかったのだから仕方がない。

常に自分を抑え、冷厳冷徹に徹してきた弊害とでも言うべきか――。

ただ、そんなルシアンにも、わかっている事が一つある。

「ですが……、果たしたい約束があります」

「約束――？」

「ローグ卿は、今にもガレスを討って、戻って来られましょう。そうしたら、二人で戦勝祝いをしようと——」

そこまで言うと、サスキアが拳を震わせ、再びいきり立った。

「畜生っ、政権奪回の功労者だろうが、構うもんか！　帰って来たら、あの好色そうな鼻っ柱を絶対ぶん殴ってやる！」

「サスキア様、それは……っ」

慌てて諌めかけたのは、果たして王を補佐する宰相としての自分か、それともローグ卿と約束を交わした自分か——。

自分自身判断がつかないでいると、サスキア王がひどく面白くなさそうに鼻に皺を寄せた。

「ふん！　その後で戦勝祝いでも何でもすればいいんだ！」

「……？」

遠回しな言い草に物問う視線を向ければ、サスキアが拗ねたようにくるりと背を向ける。

「許すって言ってんだよ！　おまえの身勝手な行動も、あいつとの事も！」

「ありがとう……ございます……」

失態の件については、確かにありがたくも勿体ない限りだが、改めてローグ卿との事を許すと言われると、さすがに面映ゆいと言うか、バツが悪いと言うか——。

「しかし……、よろしいのですか？」

いささか当惑して妙な伺いを立てると、呆れ返った物言いが返ってきた。

「おまえもたいがい疑り深いな。王様のオレがいいって言ったらいいんだよ。但し――」

そこでサスキアは王の顔に戻って、勝手な行動の罰として、宰相に自室での謹慎を申し渡した。

5.

ルシアンに遅れる事、半日余りの翌日の昼すぎだった。ローグ卿率いる光の騎士団が、ガレス一味との戦いに勝って、意気揚々とレヴァイン王国に引き上げてきた。

その凱旋の知らせは既に城内にも伝えられていたらしく、ローグ卿は城門を潜るなり、すぐさま王の間へと案内された。

大理石の回廊を行くその足取りは、西の砂漠からほとんど不眠不休で駆けて来た直後とは思えぬほどに軽い。

それも無理からぬ話で、ローグ卿の胸は、丸一日ぶりに会えるルシアンの事でいっぱいだった。

いったい、どんな顔で迎えてくれるだろう?

あの真面目で堅苦しい男の事、よもやにこやかに笑いかけてなどはくれまいが、それでもあの碧い瞳を濡らしたようにして、自分を見てくれるだろうか？

そして夜には約束通り、二人でゆっくりと戦勝祝いだ。しばらく目にしていないあの白い肌と悩ましげな姿態を思うと、いやがおうにも身体が熱くなってくる。

まったく、勇猛を謳われた光の騎士長ともあろう者が何を浮かれてと、いささか滑稽にも情けなくも思うが、少年のように弾む気持ちをどうにも抑えられない。

精悍な頬を自嘲の笑みに崩しつつ、ローグ卿は王の間へと入った。

ところが、そこで彼を待っていたのは、玉座にいつもの如く窮屈そうに収まったサスキア王と、その隣に設(しつら)えられた賓客用の椅子にちょこんと座った——、

「教主ヴィーダ！」

「騎士ローグ、ご無事のご帰還、何よりです」

『光の教え』の教主はそう言って、フードを軽く持ち上げ、ウィンクを寄越した。

何をしているのだ、こんな所で——！

期待していた碧眼の代わりに見つけたチェリーレッドの瞳は、驚く従兄を面白そうに見ている。慌ててさっと周りを見回すと、ヴィーダはどうやら一人のようだ。

「教主、また供の者も連れずに——！」

「大丈夫。王様がお部屋までお迎えに来てくださいましたから。それに、近頃はここの気候にも慣れて、すこぶる体調が良いのです」

サスキア王が同席しているせいか、言葉遣いがずいぶんと丁寧だ。相変わらずの外面の良さに感心しつつも、その言葉の内容にほっと安堵の息を吐き、ローグ卿はサスキアの方を見やった。

王はなぜか、いつも以上にぶすっと不機嫌な顔をしていた。

嫌われている自覚はあったが、せっかくレヴァイン王国の尻拭いをして来てやったと言うのに、何がそんなに気に入らないのだろうか。

「教主様も貴殿をご心配なさってたんでな。お連れして、ご一緒に待たせていただいた」

「それはご配慮痛み入る」

ただ、サスキア王の教主への好意は変わらぬようで、ローグ卿は感謝を込め、恭しく頭を下げた。

本当に、病弱なヴィーダが見知らぬレヴァイン王国で快適にすごせるのも、サスキアが色々と配慮してくれるお陰だと、心からそう思う。

だが、サスキアは自分の主筋ではないから、わざわざ騎士の礼をとって跪いたりはしない。

ローグ卿は直立のまま、いささか尊大に戦勝報告をした。

「ガレスの一件、片づけて参った」

「感謝する」

応えるサスキア王も、にこりともせず軽く会釈を返しただけだ。

美貌の宰相がいればこの場はもっと和らいだものになっていただろうが、代わりに教主ヴィーダが、そのどことなく険悪な雰囲気を打ち消すような明るい声で言った。

「騎士ローグ、お疲れ様でした。しかし、お帰りが予定の一週間を一日もすぎてしまったので、何かあったのではと心配いたしましたよ」

「いささか手間のかかる作戦でしたので——。ご心配をおかけし、申し訳ございません」

公の場なので、ローグ卿も言葉遣いを改める。

その辺はヴィーダも承知しているらしく、『仰々しい』などと言って頬を膨らませたりせず、教主らしい鷹揚な口調で訊いてきた。

「手間のかかる作戦——ですか？」

「はい。ガレスは元より、その親衛隊もできるだけ殺さず、捕縛して参ったのです。そのため、少し余分な時間を食いました」

「なんだとっ——？」

サスキアがさっと色をなし、玉座から立ち上がった。自分たちの要請通り、光の騎士団がガレス一味を一掃したものと思っていたに違いない。

それへキッと自信に満ちた濃紫の瞳を向け、ローグ卿は滔々と説いた。

「いやしくも『光の教え』を守る騎士団が、むやみやたらと殺戮を行うわけには参らん。貴国の悪漢は貴国で処分なさるがよい。ただ僭越ながら、ガレスを即刻処刑したりすれば、貴国も奴と同じレベルに成り下がる。ここは法に照らし合わせてきちんと裁くのが、大国たる貴国の取るべき道だと思うが、いかが？」

「確かに、王様がそのようにしてくだされば、御国内に自治区をいただく我らとしても、誇らしゅうございます」

小首を傾げ、教主ヴィーダがにっこりと笑う。

要は、『光の教え』にも守るべき体面があるのだ。自治区とは言え、殺戮に殺戮をもって返すような野蛮な国に居を据えるのでは、世間に対しても聞こえが悪い。

第一、世界に名立たる光の騎士団が、レヴァイン側の要請をただ諾々と受けただけでは、まるで子どもの使い。癪に障るではないか。

してやったりとローグ卿が顎を上げてみせれば、サスキアもようやく合点がいったとばかり、深緑の瞳を不敵に光らせ、唇の端を吊り上げた。

「ふふん、貴殿もなかなかどうして、オレの宰相に匹敵する知恵者のようだ」

「その宰相殿はいかがなされた？　お姿が見えぬようだが――」

ローグ卿は、努めてさりげなく訊いた。王の間に入ってからずっと気にはなっていたのだが、思いがけずヴィーダが同席していた事もあり、なかなか訊くチャンスを見出せないでいたのだ。

てっきり、自分の帰還を出迎えてくれるとばかり思っていたのに、いったいどうした事だろう。何か特別の用向きで、地方へでも出かけているのだろうか？

もしそうだとして、今夜の二人だけの戦勝祝いに間に合うのか――。

内心、焦り始めたローグ卿に、サスキア王がますます不機嫌に、まるで苦虫でも咀嚼しているかのような表情で言った。

「あいつなら、オレに無断で城を空けた罰で謹慎中だ」

「謹慎……中――？」

それはあまりにもあの真面目を絵に描いたような男にそぐわぬ言葉で、ローグ卿はつい、『謹慎』の意味を改めて考えてしまったほどだ。

「だが、王に無断でとはいったい――？」

何の事かと言いかけて、ローグ卿はようやく理解した。教団ではヴィーダに委任され自ら采配を振るっているため、彼等レヴァイン王国の命令系統など考えた事がなかったのだ。

「まさか、あの援軍は宰相殿の独断だったのか」

「その『まさか』だ！」

サスキアが吐き捨てる。

なるほど。それでは王も、いつにも増して機嫌が悪いはずだ。あの何を置いてもサスキア第一の男が、結果的にサスキアを無視した形になったのだから。

しかも、その原因はと考えると、ローグ卿は胸が一気に高鳴ってくる。

そんな騎士長を尻目に、ヴィーダがどこかサスキアを気遣うように言った。

「本当に意外でした。王様にお聞きした時には、私も耳を疑ったほどです。まさかあの賢明な方が、あなたが捕らわれたとの知らせを受けるや、その真偽も鑑みず、慌てて小隊を率いて行ってしまわれたなんて――。王様にご相談もなさらなかったというのも、何だかショックです」

「そうでしたか――」

殊勝に相槌を打ちながら、ローグ卿は今にも弛みそうになる頬を必死で引き締めた。

あの冷厳冷徹、隙など見せぬ男が冷静さを欠いたのが、ただこの身を案じたからだったとは——。

改めてその事実を思うと、ローグ卿はひどく嬉しく、また『氷原の青い月』と呼ばれた男にそれほど思ってもらえる自分が誇らしくなった。

「騎士ローグも、ラロック宰相が突然現れて驚いたでしょう？」

「ええ、まぁ——」

ところが、ヴィーダの言葉で、ローグ卿ははたと気づいてしまった。

らしくもない軽率な真似までして来てくれたルシアンに、自分はいったい何を言っただろうか？

確か『何をしに来た』と詰め寄り、『まさか自分の身を案じてくれたのではあるまいな』と嘲って、挙げ句の果ては『厄介払いができず残念だったな』と——。

いくら誤解が解ける前で、ルシアンを腹立たしく思っていたとは言え、あれは少々酷すぎた。滅多にお目にかかれぬ、せっかくのあの男の心の内を、踏み躙ってしまった。

しかも、いくらルシアンの早合点だったとは言え、救出に来てくれた礼も言っていない……。

次第に募ってくる罪悪感に、ローグ卿は内心、青くなる。

すると、サスキアが何かを思い切ったように居住まいを正し、王の顔で労った。

「ローグ卿、本当にご苦労だった。ガレスの対処の件も、改めて礼を言う」

「なんの。我らとて、約束通り見返りをしっかりいただく所存ゆえ」

「もちろん、大聖堂用の資材はわが国で用意させていただく。が……」

「が、何か――？」

なぜか言い淀んだサスキア王を促せば、いったいどういう風の吹き回しか、ひどく意外な答えが返ってきた。

「他にも望みがあれば言ってくれ。何でも構わない」

「何でも――？」

「……何でも………」

その真意を測りかねね、深緑の瞳をじっと見詰めていたら、ローグ卿にはわかってしまった。サスキアは立場上、自分からそれを言い出せないのだ。

「では、宰相殿の謹慎を解いていただきたい。二人で戦勝祝いをしたいので」

謹慎中だろうが何だろうが、忍び込んででも約束を果たすつもりだったが、サスキア王に謹慎を解いてもらえば、少しはルシアンへの罪滅ぼしになるだろうか。

「………」

期待通りの望みを言ってやったのに、サスキアはまたあの苦虫を嚙んだような顔をして黙っていた。恐らく、『二人で戦勝祝い』の部分が気に入らなかったのだ。

事情を知らぬ教主ヴィーダが、椅子から身を乗り出して不思議がる。

「戦勝祝いをお二人で？　皆で楽しくやってはいけないのですか？」

「……二人きりが良いのです」

いささか気恥ずかしくはあったが、ローグ卿は年若い従弟にその言葉を思い切り意味ありげに言って、それ以上は黙っていろとばかりに軽く睨んだ。

ヴィーダのチェリーレッドの目が、見る見る大きくなる。

「え、ええーっ。ヴァンってば、いつの間に宗旨替えしちゃったのー？　って、宗教的な意味じゃなくて、そのう、ええー？」

驚きのあまりか、教主の外面などどこへやら。言葉遣いが素に戻り、ヴィーダは賓客用の椅子の中で右を向いたり左を向いたり、『うそー』とか『だってー』を繰り返している。

その横で表情を強張らせたサスキアが、こちらも普段の言葉遣いに戻って苦々しげに言った。

「教主様には悪いけど、オレ、やっぱりあんたが嫌いだ。ルシアンがノーって言えないの知ってて、あ、あんな裏取引……。もっとも、オレがもっと大人でしっかりしてりゃ、ルシアンにあんな事させずにすんだのに……」

この時初めて、サスキアはローグ卿のことをはっきり嫌いだと言った。

今までは態度で表すに留めていたのが、こうして面と向かって正直に言えるサスキアを、ローグ卿はどこか好ましく感じた。心の中でいつまでもぐずぐず恨まれるよりは、よっぽどましだ。

だが、今まで一度も触れようとしなかった裏取引の件を口にしたという事は、サスキアの中でも何かケリがついたのだろうか。

いずれにしても、これはいい機会である。ローグ卿は悪びれる事なく、きっぱりと告げた。

「確かに、俺は卑怯だったかもしれん。だが今では、あれでよかったと思っている。それは恐らく、宰相殿も同じだと思うが？」

「えーっ？　裏取引とかあんな事って何ぃ？　ヴァンが卑怯ってどういう事ぉ？　ねぇねぇ、僕だけ蚊帳の外なのー？」

サスキア王はむっつりして何も答えなかったが、代わりにヴィーダが騒ぎ始めた。

それを大人の話だと言って黙らせようとすると、今度は『僕は王様よりいっこ年下なだけだよぉ』とか、『王様が大人なら僕だって大人じゃん。ずるーい』とか言って食い下がるので、取り敢えず好きに騒がせておく事にして、ローグ卿は再びサスキア王に迫った。

「それで、俺の望みは叶えていただけるのか？　宰相殿と二人、戦勝祝いをしてもよろしいか」

サスキアはローグ卿を恨みがましげにじいっと睨み、それから盛大にため息をついた。

「わかってるさ。ルシアンの智とあんたの勇。悔しいけど、騎士団のあの危険な山岳地帯からの奇襲がなきゃ、オレたちの勝利はなかった。それに、今回のガレス一味の捕縛もな。あんたの望みは、叶えられて然るべし——だ」

それはやはり、サスキアにとっては辛い決断だったのだろう。『それがあいつの望みだし……』と、最後にひどく寂しげにつけ加えた。

「王よ、感謝します」

ローグ卿は深々と腰を折って礼をすると、若い王の気が変わらぬうちにと、急いで踵を返しかけた。まだ陽は高いが、夜まで待ってなどいられない。

ところが。

「ヴァン、待って！」

まさか、今度は教主に阻まれるのか？

一難去ってまた一難——。

ローグ卿は、うんざりして振り返った。言葉遣いも、いささかぞんざいになる。

「教主、何か問題でもおありか？」

「もうっ、大ありだよっ。騎士ともあろう者が、そんな何日もお風呂に入ってないむさ苦しい姿で行くつもりっ？　しかもお相手は、いっつもキチンとしてるあの美貌の宰相殿なんだよ？」

「……オレが風呂に入らないって言うと、ルシアンはいつも嫌な顔をする」

サスキア王がぼそりとつけ加えた。

レヴァイン国宰相を訪ねるには、まずバスルームへ行った方がよさそうなローグ卿であった。

*

結局、ローグ卿が城の左翼にあるルシアンの自室に赴いたのは、夜になってからだった。

ほとんど休まず駆けさせた馬の世話や、騎士団の面々への労い、果ては捕らえてきたガレス一味の投獄の手伝いなど、騎士長としての責務に追われていたのだ。

もちろんその後で、ヴィーダに煩く言われるまでもなく風呂をすませ、服もさっぱりしたものに着がえている。

隠し砦で敵襲にいいところを邪魔されてから丸一日以上。逸（はや）る気持ちを抑え、ローグ卿は目当てのドアをノックした。

「ルシアン、俺だ」

「ローグ卿、どうぞ――」

ドアを開けて迎え入れてくれたルシアンも、自室にいるせいかシンプルな服装だった。

思った通りにこりともしないが、碧い瞳がいつもの硬質なものとは打って変わって、どこか温かみが感じられる。

この氷の男も、自分と同じようにこの逢瀬が待ち遠しかったのだろうか？

だが、やはり美貌の宰相は、まず堅苦しい挨拶を寄越してきた。

「騎士団の凱旋、おめでとうございます。お怪我（けが）もなさそうで、よろしゅうございました」

「遅くなってすまん。貴公の謹慎は解けた。約束通り、戦勝祝いだ」

すぐにでも白い喉元にむしゃぶりつきたい気持ちを押しやって、持参したワインとグラスを掲げてみせる。サスキアのような十代の若造ではないのだから、みっともなく焦ったりはできない。

碧い瞳が二、三度瞬いて、訝しげに問うた。

「私の謹慎が解けたとは――？」

「サスキア王に戦勝の望みを言えと言われた。だから貴公の謹慎を解くよう願い出た。二人で戦勝祝いをしたいからと言ってな。そして、望みは叶えられたというわけだ」

側のテーブルに持参した物を置きつつ説明すると、美貌の宰相が小さく息を呑んだ。

確かに、その気恥ずかしさはよくわかる。言わば、これから抱き合う事を公に願い出て、それに許可をもらった形なのだから。

ローグ卿自身、少々バツが悪かったのだが、誰にも邪魔されず、ルシアンと二人きりの時間をすごしたいという気持ちの方が断然勝っていた。

ところが、ルシアンの懸念は少し違ったようだ。

「サスキア王に……殴られはしませんでしたか？」

碧眼が、心配そうに騎士の精悍な顔を眺め回す。心なしか震えて見える指が、頬に触れそうなくらいに近づいてきた。

「いや、別に――？」

努めて平静を装いながら、ローグ卿は浅ましく走り出した己の鼓動を聞く。

「だが、嫉妬丸出しの目で睨まれたぞ」

剣を振り回すとは思えぬルシアンの繊細な指先を捉え、唇を押し当てんとすると、なぜかするりと逃げられた。前回の抱擁から少し間が空いてしまったから、照れ臭いのだろうか？

「ついでに、貴公に裏取引をさせた俺は嫌いだと、初めてはっきりと言われた」

「え――？　あ、ではもしや、戦勝祝いの夜に王がお怒りになっていたのは……」

思わずの皮肉が、ローグ卿の口を衝いて出る。

「今更か？　嫉妬に決まっているだろう。まぁ、厳密に言えば、怒っていたのは俺に対してで、後は、貴公にそんな事までさせてしまった不甲斐（ふがい）ない自分に、だな。そんな事も言っていた」

「そんな。サスキア様は不甲斐なくなどは――！」

「おっと。そういう話は、主従でまた別の時にやってくれ。今は――」

自分だけをその碧い瞳に映して欲しい。ローグ卿は、柳眉を跳ね上げたルシアンの腰に腕を回し、ぐいと引き寄せた。

ところが、ルシアンは明らかな戸惑いを見せて碧眼を伏せ、ローグ卿の胸を押し返すように手を突っ張る。

「ルシアン？」

照れているとばかり思っていたが、どうも余所余所（よそよそ）しく、ためらっているようだ。

「いったい、どうした？　今更嫌だと言われても、俺は聞かんぞ」

怒りを含んだ切羽詰った声に、ローグ卿自身、驚いてしまう。

だが実際、ここまで来て諦めるなど、とうてい無理な話なのだ。

ルシアンに拒絶されたと思い、その仕打ちを腹立たしく恨みに思っていた時ですら、気づけばその麗姿を目で追い、白い肌に触れるのを夢にまで見たと言うのに、まったく冗談ではない。

腰に回した腕に力を込めると、ルシアンがどこか悩ましげにローグ卿を見て、それからすぐに視線を逸らした。

「嫌――というわけではないのです。ただ、こんな風に改まってしまうと、どんな顔をすればいいのかわからなくて……」

「どんな顔って――」

「それに今回、私は貴殿の事で冷静さを欠き、一国の宰相にあるまじき行為に走ってしまいました。貴殿と一緒にいると、この先もまた私は――」

「何を言う！」

珍しく素直で弱気な告白をしたルシアンを、ローグ卿は激しく揺さぶった。

要するに、この氷の宰相は、ローグ卿が原因で失態を演じてしまった自分が許せないのだ。だから、二人の関係がこれ以上進展する事に、ためらいを感じている。

まったく、ここまで融通の利かぬくそ真面目な男だとは思わなかった。

ローグ卿はルシアンの顎を捉えて上向かせると、その碧を見据えて言い切った。

「いいか。貴公にとっては、確かに恥ずべき失態だったかもしれん。が、俺にとっては、貴公の本心を知る事のできた、この上なく嬉しい出来事だった」

「本心――」

「ああ。俺はずっと、貴公には嫌われているとばかり思っていたからな。だが、この俺の身を案じてくれたのだろう？　冷静な判断もできぬほどに――。それを、何をしに来たなどと、怒鳴ったりして悪かった。この通り、謝る！」

己の本心をこそ、もっと早くに告げておくべきだった。そうすればルシアンも、よけいな不安やためらいなど感じたりはしなかったはずだ。

今更ながら潔く頭を下げれば、ルシアンが困惑したように身じろぎする。

「し……かし、また職務に支障が出るような事があっては……」

「馬鹿な！　冷徹冷厳を謳われた『氷原の青い月』だろう、貴公は。そんな貴公が、一度犯した失態を、二度と繰り返したりするものか！」

「そう、でしょうか……？」

「そうに決まっている。サスキア王を導き育て、彼をしてレヴァイン王国に平安をもたらした己を信じろ、ルシアン。それが無理なら、そんな貴公を誰よりも認めている俺を信じろ！」

必死に掻き口説いたら、ためらいに曇っていた碧眼が次第に晴れてきた。そして更にその碧が、溶けて濡れたように鮮やかで、艶を刷いたものに変わる。

「貴殿に、そんな風に言っていただけるとは……」

レヴァイン王国宰相ルシアン・ラロックのこんな変化を見られるのは、きっと自分だけに違いない。

その自信と共に、ローグ卿は胸が震えるような感動を覚えた。

「それにしても、ずっとサスキア王一筋に生きてきた貴公が、俺のためにあそこまで我を忘れたとはな。まったく、俺も男冥利に尽きる」

「そんな……。何と答えればよいかわからないような事を言わないでください」

ひどく困惑した顔でルシアンが再び俯く。やはり、この男なりに照れていたようだ。

そう思うと、それ以上の我慢はできそうになかった。

ワインなど、またきっといつか一緒に飲める。

「いいんだルシー、何も難しく考えずとも。ただ、今みたいに、また抱いてもいいのかと思える顔をしてくれさえすれば、それでいい――」

ローグ卿は改めてルシアンの腰を強く抱くと、目の端に捉えていたベッドへともつれ込んだ。

*

ギイ――と、二人分の男の重みに耐えかねたように、ベッドが苦しげな声を上げる。

それをどこか遠くに聞きながら、ルシアンはローグ卿の唇から目を離す事ができなかった。

性格をそのまま表したような大胆で力強い唇――。この砂漠の砂の如く熱い唇に触れられたら、自分はきっと、また何もかもわからなくなってしまうのだ。あの隠し砦でそうであったように、自分の立場も任務も忘れて溺れてしまう……。

だが、こうして二人でいる時にはそれでいいのだと、目の前の赤い髪の騎士は教えてくれた。責務とプライドに囚われて身動きできなくなってしまうのは、自分の悪い癖だ。主君と国を思うあまり、つい己を滅してしまうのもまた然り、なのだろう。

そんな自分をすぐには変えられないが、今は、この側にいるだけで乱されてしまう熱い男と、勝手に高鳴る自分の鼓動を信じてみたい――。

迫り来る官能の予感に抗わず、ルシアンはそっと碧い瞳を閉じた。改めて抱き合う事がひどく面映ゆく、ついつまらぬ迷いなど見せてしまったが、本当はもうずっと長い間、この時を待っていたのだ。

「ヴァン……」

触れ合う時にしか使わぬ名で呼ぶと、男の熱い唇がたまりかねたように落ちてきた。

「ルシー……！」

大胆な舌がすぐさま絡みついてきて、痛いほどにきつく吸い上げられる。

閉じた瞼の裏がじわりと痺れるように熱くなって、不覚にも涙が零れてしまいそうだ。

もどかしく焦る手で互いに着衣を脱ぎ捨てた頃には、ルシアンの漏らす吐息は、かつてないほど艶を帯びていた。期待でひどく胸が切ない。

「ルシー、俺は何度も夢に見た。貴公のこの白い素肌に触れる時を――」

その言葉一つで、全身が信じられないほどに甘く疼いてしまう。

だが、自分もまた同じように夢を見たのだとは、その内容があまりにも浅ましすぎて打ち明けられなかった。身体の奥に潜む淫らな自分を、この気高い騎士には知られたくない。

白い素肌を、熱い唇と赤い髪がくまなくすべる。

ただでさえ官能の高まりに胸が苦しいのに、ローグ卿がそっとルシアン自身を握り込んできた。

「っ……く……！」

思わず逃げを打ったが、剛健な騎士の身体がそれを許さない。騎馬で鍛え上げられた腿で、下肢の動きを封じられてしまう。

「いいのか、ルシー？　こうやって握っているだけで、どんどん硬くなってくる」

そんな事を言う恥知らずな男を睨んだら、片足をぐいと抱え上げられ、そのつけ根を思い切り吸い上げられた。

「……っ、あ——！」

「いくらつれない素振りでも、女と違って、いいかどうか目に見えてわかる所がいい」

しゃあしゃあとそう言って、ローグ卿はまるで知り尽くしているかのように、鼠蹊部から脇腹、鎖骨の窪みへと、ルシアンの感じる場所を焦らすように、舌で柔らかに愛撫し始めた。

電撃にも似た悦びが、触れられた所から全身に走り抜ける。

「ふ……っ、ぅ……んっ」

実際、同盟下にあった二年の間に、何度も重ねてきた情交だ。ローグ卿がルシアンのいい所を知っていても不思議はないのだが、それでも、同盟に縛られない自由な意思での触れ合いは、気が遠くなるほどの快感をルシアンにもたらした。

と言って、その快感に耐えようとする癖は、そう簡単には変わらない。

ルシアンは以前と同じように固く目を閉じ、声を押し殺し、縋るものを探して指先をシーツにさ迷わせ、無意識に両脚を閉じようとした。

と――。

「辛い……わけではないのだろう？」

欲情に煙(けぶ)る、それでいてどこか不安を滲ませた濃紫の瞳がのぞき込んできた。

「え――？」

官能に潤んだ眼で見上げれば、赤い髪をかすかに揺らし、ローグ卿が自嘲気味に笑う。

「いや……、貴公はいつも耐えていたからな。それが苦痛になのか、快楽になのか、俺はいつも判断しあぐねて――」

ルシアンは慌てて首を横に振った。

「いいえ、私はただ――」

耐えていなければ、箍(たが)が外れて、自分が自分でなくなってしまいそうで恐ろしい――。

だが、そうだとはっきり言えるほどには、プライドを捨てきれないルシアンなのだ。

「ただ――？」

答える代わりに、ルシアンは自分でも信じられない行動に出た。逞しい胸板を押し返して身体を入れ替え、ローグ卿自身を自らの口に含む。

「ル、シー……！」

辛いわけではないのだと、そう伝えたかっただけだった。驚きと快感に満ちた男の声を聞きながら、それでもルシアンは、いつかの淫らな夢から抜けきれない自分を感じていた。

なぜ、この男に限って、自分はこうも浅ましく貪欲になってしまうのか？

それともやはり、これが自分の隠された本性なのか――？

そのどこか自虐的な思いに煽られて、騎士自身を愛撫する舌にも力が入る。

二年もの間、自分を翻弄し続けたこの硬さと質量。

ああ。

何にも増して、この男が欲しい――！

「もういい、ルシー。もう、貴公の中に這入りたい……っ」

低く呻くように言って、ローグ卿がルシアンの頭を軽く押しやった。

そのとたん、欲望とは裏腹、いよいよ己の中に他者を迎え入れるという恐怖と期待が、妖しい痺れとなって背筋を這い上る。

「そんな顔をするな。ちゃんと慣らすから」

いったいどんな顔なのだと問う間もなく、勝手を知った指がそろりとそこに触れてくる。

「――っ……」

引き攣るような違和感と共に指が入ってくると、ぞくりと腰が甘く疼いた。

「痛むのか？」

その言葉に、はっきりと首を振る。肉の悦びを知る身体が、もっと、とばかりに暴走しそうなだけなのだ。

それは、はしたなく兆して震えるルシアン自身からもわかったらしく、騎士はかつての遠慮が嘘のように、深々と体内に指を埋め込んできた。

「……っ――！」

身の丈ほどもある聖剣を振り回す、骨太な長い指だ。それが狭いそこを押し広げるように蠢き、何度も進んでは引いてを繰り返す。その度に、切なく息が詰まった。

「んっ……、んっ……」

「もう……っ、待てん！」

低く呻き、ローグ卿がルシアンの身体を裏返して腰を引き上げ、性急に身体を繋げてきた。浅ましく濡れそぼったそこを見られているという羞恥を感じる間もない。

が、節高な指の洗礼を受けた体内は、いとも容易に男を呑み込んでいく。

「う――、くっ……う――」

逞しいローグ卿自身で媚肉を掻き分けられていく感触が、燃え上がるような熱さを下肢にもたらした。深々と奥まで貫かれると、妖しく甘い痺れが全身に広がって、満足に息も継げない。

　ああ、この充足感をこそ待っていた――。

　すると耳元で、激しく乱れた吐息と共に、騎士の掠れた声がした。背中を蛇のように這う赤い髪が、ますます息を詰めさせる。

「すまん。俺とした事が、まるで余裕がない。ひどく切羽詰った感じで――」

　その余裕を奪っているのが自分なのだと思うと、何だか妙に誇らしく、そして同時にひどく気恥ずかしかった。

　だから、ついつい、突き放したような言葉が口を衝いて出る。

「そんな……っ、埒(らち)も、ない――っ」

「そう言いつつも、今、貴公の中が俺を一瞬きつく締めつけた。本当は、それだけ欲しがられて嬉しいのだろう？」

「…………っ」

「違うのか、ルシー？」

　答えを促すように、二度、三度と荒っぽく腰を打ちつけられ、ルシアンは酸欠状態の息を、切れ切れに撒(ま)き散らした。

「……違う……なら、最初から……部屋になど……っ、入れな――……うっ」

「相変わらず、素直じゃない口だ。嬉しいと一言言えばすむものを」

ひどく弾んだ声で言った男が、ルシアンを貫いたまま、その身体をひっくり返した。

「あっ――」

向き合う形になって、紺碧の瞳が驚きと動揺に瞠られる。それを一瞬強く見つめ、ローグ卿が唇を塞いできた。

その拍子に、ルシアンを貫く楔が更なる奥へと潜り込む。

「んっ……！」

軽く呻くと、ローグ卿が慌てたように唇を解放し、その身を起こした。

「すまん。きつかったか？」

「い……え……」

離れてしまった身体が、何だか恨めしい。

そんな気も知らずか、濃紫の瞳がどこか遠くを見るようにして言った。

「こうしていると、決戦前の夜を思い出すな。あの時俺は、どうしても自分を抑えきれず、貴公に手荒な真似をしてしまったが……」

「私は、そんなヤワではありません……！」

必要以上に気を遣われるのも面白くない。もっと強く激しく乱してくれればいいのだとばかり、ルシアンはローグ卿の髪を摑んで、ぐいと引き寄せた。

ああ。

この赤い髪に、朝に夕にどれほど焦がれていただろう――。

髪の中に手を入れて掻き回すと、ローグ卿が耳元で低く笑った。

「貴公の方から俺を欲しがってくれるとは、嬉しいな」

それはどこか気恥ずかしげな揶揄を含んでいたが、ルシアンは両手でローグ卿を上向かせると、黙って濃紫の瞳を見返し、自分から口づけた。

自然と、男が再び奥へと這入り込んで来る。擦れる内襞が浅ましく疼き、そこから意識も蕩けそうな快感が湧き起こる。

「反則だ」

音を立てて唇をもぎ離した騎士が、どこか怒ったような、ひどく真面目な顔で抗議した。

「反、則……？」

息の上がる声で訊ねれば、濃紫の瞳が憎らしげに迫ってくる。

「ああ。貴公、必要以上に俺を煽っているだろう」

「そんな……つもりは……、っ――！」

深々と奥を貫かれ、細い頤(おとがい)が跳ね上がった。

「止まらなくなったら、どうしてくれる？」

「止まらなくて、いい……。ヤワではないと……言ったでしょう――っ」

とたんに、男の律動が激しくなる。

突かれる度、自分の中がローグ卿自身にねっとりと絡みつき、奥へ誘うようにうねるのがわかった。

息も絶え絶えに、閉じられなくなった唇から、あられもない喘ぎが飛び出しそうで怖い。

「ルシー、声を――声を聞かせてくれ」

ローグ卿がルシアンの顎を摑んで、どこか切ない声で言った。

「貴公は隠し砦で、俺たちの関係を負担に感じた事はないと言った。それが事実なら、この行為にただ耐えているだけでないのなら、俺にその声を聞かせてくれ……っ」

しゃにむに情熱をぶつけてくる騎士に、ルシアンは小さく、その首を横に振った。

「なぜ、だ――っ？」

「私は、そういう……風に、生まれついていな――あ……あぁっ――ん……っ」

激しく抉り上げてくるローグ卿自身に追い上げられ、つい声を漏らしたらもういけなかった。甘すぎる痺れと、とてもじっとしていられない切迫感が、凄まじい勢いで背筋を這い上がってくる。

「あっ、ああっ……、ヴァン、もう――……っ」

「ルシー……――っ！」

互いの腹部を濡らし、ルシアンが甘美で激しい絶頂に駆け上ったのと、自分の中を熱くいっぱいに満たしていくものを感じたのは、ほとんど同時だった。

頭の中が、眩い光に溢れていく。

そうしてルシアンは、得も言われぬ浮遊感に全身を委ねたのだった。

＊

ふっと瞼を開けると、窓から見える月がだいぶ中天をすぎていた。

身体が妙にうっとりとして、ひどく満たされている。

ルシアンは一瞬、自分の置かれた状況が把握できなかった。

しかし、後ろから自分を包み込む温もりが、すぐさまベッドを分け合うもう一人の存在を伝えてくる。はっとして振り返ると、赤い髪の騎士がゆっくりと目を開けた。

「起きたのか？」

「すみません。私は、あのまま——？」

どうやら、絶頂を極めた直後に眠りに陥ってしまったらしい。

焦りながらその無作法を詫びると、くるりと向きを変えて抱き寄せられた。

触れ合う肌が妙に馴染んで感じられるのは、気のせいだろうか。

「構わんさ。俺も寝ていた。隠し砦からこっち、ほとんど寝ていなかったからな」

言われてみれば、ローグ卿の目は充血してひどく眠そうだ。

「お疲れのところを、起こしてしまいましたね」

申し訳なく思ってそう言うと、精悍な顔が笑みに崩れた。

「なんの。ルシーこそ疲れていたのではないのか？　よく寝ていたぞ」

「……昨夜、寝ておりませんでしたので」

寝顔を見られたとは面映ゆい。極力平静を装うと、赤い髪の騎士がニヤリと笑った。

「そうか。俺の身を案ずるあまり、眠れなかったのだな」

「ガレスは抜け目のない男ですから。貴殿を信用していなかったわけではありません。それに謹慎中でしたし――あの、何か？」

ふと気がつくと、ローグ卿が笑いを収め、ぽかんと口を開いていた。

「いや……、あっさり認められたら認められたで、気恥ずかしいものだな」

それでようやく、彼が冗談のつもりだったのだとわかる。うっかり本心を晒してしまったのが恥ずかしく、ルシアンは慌てて話題を変えた。

「ガレスは殺さず、捕らえてきたのでしょう」

「よくわかるな」

「生かして法で裁く――。その方が世間的にも我が国の株が上がりますし、その領土内に自治区を持つ『光の教え』にしても聞こえがいい。貴殿なら、恐らくそういう策を取られると思ったのです」

寝物語には堅苦しすぎたが、ローグ卿がひどく嬉しそうに濃紫の瞳を細めた。

「やはり、貴公にはお見通しだったたか」

「ええ。二年にわたる逢瀬が、色々と貴殿の事を教えてくれましたから。生き方、信念、教主様および教団への思い入れ――」

「そして主君と祖国への思い、価値観、意地――。俺も、貴公の事ならたいていはわかる」

その言葉がしっかりとした重みを持って、胸に染み入ってくる。やはり、互いに通ずるものが、二人の間には確かにあったのだ。

「ただ、ここだけが――」

騎士の厚い胸にそっと触れると、不意に、かつての切なさが甦ってきた。

「わかり合えていなかったのですね……」

「ああ。あの隠し砦まではな。だが、今は違うぞ。何も言わずとも、こうして触れているだけでわかる事がある」

「たとえば――？」

「たとえば今、こうやってこの腕に抱いていても取り澄ました顔をしているが、本当は貴公が俺をちっとも嫌ではなくて、むしろまだ欲しがっている――とかな」

そう言ってニッと淫猥（いんわい）に笑った騎士を、ルシアンはキッと睨みつける。かつての切なさが、跡形もなく吹き飛んだ。

サスキアが確か『好色そう』だと言って憤慨していたが、案外それもまた、この男の顔の一つなのかもしれない。

「……確かに、よくわかっておいでのようですね。ならば私の立場も、きっとよく理解してくださるのでしょう」

「貴公の立場だと？」

「そうです。月もだいぶ傾きました。夜が明ける前に、どうかお引取り願います。栄光ある光の騎士団の長が、レヴァイン王国宰相の私室から朝帰りなど、誰ぞに見られでもしたら事ですから」

栄光ある赤い髪の騎士が、これ以上はないと言うほどその濃紫の瞳を見開いた。

「この状況で俺に帰れと言うのか。なんと冷たい男だ、貴公は――！」

「八年の氷原生活で、すっかり凍りついてしまったのかもしれません」

してやったりと、碧眼がほくそ笑んだ瞬間である。

「ならば夜明けまでに、砂漠の熱で溶かして進ぜよう」

抗う美貌の宰相を、豪胆な騎士が再び組み敷いた。

月は瞬き星は輝く

1.

「うん？　今朝は何やら賑やかだな」

光の騎士団の長、ヴァン＝デン・ローグ卿は、レヴァイン城の大理石の回廊を王の間の手前まで来た所で、思わずといった風に呟いた。長身、剛健な身体をメタルブラックの騎士装束に包み、その背に流れる赤く長い髪が、今日も見事なまでに輝いている。

「そのようですな」

ゆったりと穏やかな声で応えたのは、傍らを歩いていた騎士団副長ロヴァル。ローグ卿よりいささか年嵩で、三十をふたつみっつすぎているだろうか。

「もっとも、サスキア王はまだ十八とお若く、元々が明朗なご性格。あの方のおられる所は、常に笑い声に満ちているような感じがいたしますが」

「ああ。俺さえその場にいなければ、な」

ローグ卿は、その精悍な顔を皮肉な笑みに崩した。

サスキア王はとにかく、ローグ卿がいるとどこか不機嫌になってしまうのだ。同盟を結び、反逆者ガレスからの政権奪回に協力した功績も、逃亡したガレス一味を捕縛して来た勇も、王のローグ卿への態度を軟化させるには足りないと見える。

「それも多少、致し方ないのではありませんかな」

ロヴァル副長が騎士長を流し見て、ふっと笑った。

「ロヴァル副長、それはどういう意味だ？」

思わず引き攣りそうになる顔を、なんとか笑ってごまかす。ローグ卿には実は、寝食および生死を共にしてきた騎士団の面々にも明かしていない、少し込み入った恋愛事情があった。

騎士団の中で最年長のこの男、いったいどこまで知っているのだろう？　従弟である教主には、成り行き上仕方なくばらす羽目になってしまったが……。

やわらかな金髪、湖面を思わせる碧眼、そして抜けるように白い肌が、ローグ卿の脳裏を掠め、胸に甘酸っぱい感情が湧き起こった。

ルシアン・ラロック卿――サスキア王が絶対の信頼と愛情を寄せる十三年来の側近にして、現レヴァイン国宰相だ。

そのルシアンと、ちょっとした誤解から生じた不和を乗り越え、二人きりの熱い戦勝祝いの夜をすごしたのがつい二ヶ月前。以来、二人の関係はいい感じで続いているのだが、その戦勝祝いの許可を自ら出しておきながら、サスキアは未だにローグ卿に対する蟠りを捨てきれないでいるらしい。

以前、ローグ卿が同盟の裏取引で、彼の大事なルシアンと身体の関係を持っていた事も原因の一つなのだろうが、要は、長年苦楽を共にしてきたルシアンに熱い想いを寄せるサスキア王の、嫉妬に他ならない。ローグ卿は王に、嫌いだとはっきり言われた事もある。

「しかし、近頃は、王の不機嫌なご様子もそれほどお見受けしませんが？」

「そうだな。言われてみれば、以前ほどの刺々しさはなくなったような気がするな」

確かに、少し前までは、『光の教え』の教主代理としてルシアンへ業務連絡一つするにしても、無言で重圧をかけるような恨みがましい視線を背中に感じたものだったが、この頃では、決してにこやかではないにしても、サスキア王の方から『よう』などと声をかけてくる事もでてきたのだ。

「まぁ、どういう心境の変化かは知らんが、ずっとこの調子でいってくれるとありがたい。俺とて、必要以上の恨みを買うのは、できるだけ避けたいからな」

「女の嫉妬は可愛げもあるが、男のそれは時に厄介――ですか？　我ら騎士の間でも、一人を巡って決闘騒ぎという事も、珍しくありませんからなぁ」

そう言って涼しい顔で笑ったロヴァル副長を、ローグ卿は舌を巻く思いで見つめた。やはりこの年上の騎士は、自分とルシアンの関係について何かしら気づいているのだ。

と言って、それを吹聴して回るような男ではないのは、ローグ卿も重々承知している。いずれにしても、光の騎士長とレヴァイン国宰相の密か事など、政治的立場上、隠しておくに越した事はない。

「ロヴァル副長、君の慧眼には恐れ入るよ」

「私は、少しばかり歳を食っているだけですよ。おや、この声は――」

間近になった王の間から漏れ聞こえてきたのは、ローグ卿の耳にひどく馴染んだ声だった。ルシアン・ラロック宰相の――しかも、笑い声だ。

「珍しいな……」

「ええ。せいぜいほほえむ程度にしか笑わない方だと思っていましたが、意外ですな」

実際、対ガレス同盟を結んでいた激動の二年間は言わずもがな、晴れてレヴァイン王国の政権を奪回した後も、打ち解けて二人きりの戦勝祝いの夜をすごした後も、ローグ卿はルシアンが声を上げて笑うところなど見た事がなかった。

「今回のこの呼び出し——引き合わせたい人物がいるとの事だったが……」

「その事と宰相殿の笑い声、何か関わりでもあるのでしょうかな」

ローグ卿は、自分の胸の内が、妙にざわつき始めたのを感じた。

*

レヴァイン城、王の間は、左翼と右翼が合流する城の一番奥まった一角にある。そこでサスキア王は他国からの使者を引見したり、政務の打ち合わせをしたり、家臣からの報告を受けたりと、要は王として人に会う業務のほとんどをこなしていた。

その王の間に足を踏み入れるや、ローグ卿とロヴァル副長はサスキア王の陽気な声に出迎えられた。

「おっ、騎士長殿に副長殿、待ってたぜ！　早く入って来いよー」

王は白シャツに黒ズボンにブーツというういつもの動きやすい出(い)で立(た)ちで、これまたいつも窮屈そうに座っている玉座から勢いよく立ち上がり、上機嫌で二人の騎士を手招きした。

いくら以前ほど険悪ではなくなったとは言っても、サスキア王とローグ卿は完全に打ち解けたわけではない。これほどまでに歓迎されると、逆に何やら悪い事が起こりそうな気がしてくる。

ローグ卿はロヴァル副長を従えて玉座まで進むと、いつもの如く軽く会釈した。

「サスキア王、良い朝で――」

光の騎士の主はあくまでもヴィーダ教主。サスキア王ではないのだから、臣下の礼は取らない。

それはサスキアの方でもわかっているから、不平を零したりはしない。第一、彼自身が熱心な『光の教え』の信者なのだ。教主の下に、ローグ卿も自分も対等と思っているようだ。

「悪ぃな、わざわざ来てもらってさ」

「それは別に構わんが」

悪意のないぞんざいな口調に同じように返しておいて、ローグ卿はすぐにサスキア王の側に控える麗人に視線を移した。最近好んで着ているらしい丈の長い青い上着と黒ブーツが、その細身の身体によく似合っている。

「ラロック宰相殿、今朝も――」

美しいな――と本心を声に出して言えば、場所柄をわきまえろとばかりに、またきゅっと柳眉を顰められてしまうので、その想いを濃紫の瞳に込めて送る。

同盟という枷のない自由な意思で身体を繋げるようになってから二ヶ月だが、ローグ卿はその美貌は元より、ルシアンという男に飽きる事がなかった。できればこのまま腕に掻き抱き、その美しいが気難しげな唇に口づけてしまいたいところだ。

もちろん、そんな事をすれば、任務にくそ真面目で、公私の境界線を二重にも三重にも引いているこの男の事、瞳の碧を冷たい怒りに燃え立たせ、二度と口をきいてくれないだろう。

もっとも、ローグ卿とて、若い従弟の代わりに教団を動かす事実上のトップ。ガレスに迫害され傷ついた『光の教え』を立て直すのに、個人的感情を抑えるのもやぶさかではない。

「ローグ卿、お待ちしておりました。ロヴァル卿も、ご足労をおかけいたします」

ルシアンがいつものようにほほえみを浮かべ、玲瓏たる声で言った。

いや。いつもの――と言うと語弊があろう。むしろ、いつもより心軽やかとでも言った方がしっくりくる、どこかそんな感じが声音に滲んでいるが……。

心軽やか？　宰相たる事を何よりも厳しく己に課すこの王の間で、ルシアンが――？

「恐れ入ります。ところで、宰相殿には先ほど、珍しく声を立ててお笑いのご様子でしたが、何か良き事でもおありでしたかな？」

さすがは長年ローグ卿の副長を務めるだけはある。ロヴァル副長がさりげなく、ローグ卿の疑問を代弁した。

「これはお恥ずかしいところを、失礼いたしました。いえ、格別何かあったわけではないのですが」

そう言いつつも、ルシアンもサスキア王同様、どこか浮ついた感が否めない。

この主従の常らしからぬ言動は、どうやら二人の後ろ――玉座の傍らで腕を組み、薄ら笑いを浮かべて様子を見守っている男が原因のようだった。

その男は四十歳前後。グレーの髪にアイスブルーの瞳を持ち、ローグ卿ほどではないにしても長身でがっしりした体つき。目尻が垂れ気味で優男に見えるのだが、毛皮で縁取られた丈の長い焦げ茶のベストを、大ぶりな狩猟刀を差した黒ベルトで留めているのが、この男が一筋縄ではいかない人物であることを物語っていた。

ローグ卿がいささか不躾に観察していると、その男はニヤリと挑戦的な笑みを返してきた。

その様子に気づいたルシアンが、にこりとほほえむ。

「そうでした。本日お二方にわざわざおいで願ったのは、こちらのローランド卿をお引き合わせいたしたく思いまして。サスキア様、ご紹介を――」

「おう！　この人はラルファス。オレはラルフィって呼んでるけど、レヴァイン北方の地の領主で、オレとルシアンの古い知り合いだ。氷原にいた頃も、ずいぶんと世話になったんだぜ」

サスキア王はいささか興奮気味に、いかにも彼らしい大雑把な紹介をしつつ、ラルファスの腕を引っ張って、自分とルシアンの間に立たせた。ラルファスも、実に自然にそれを受け入れている。

その様子からうかがうに、ラルファスはこの主従とずいぶん近しい関係なのだろう。

とは言え――。

「あーあ、殿下――いや、陛下よぉ。そんな口のきき方してっと、こいつの教育が悪かったたってよそ様に思われるだろ？　ちったぁ、こいつの苦労と立場ってもんも考えてやんな。なぁ、ルシアン」

驚いた事に、ラルファスはサスキア以上のぞんざいな口調で言って、サスキアの黒髪とルシアンの輝く金髪を、まるで子どもにするようにぽんぽんっと叩いた。

更に驚いた事には、あのお堅いルシアンがそれを咎めなかったばかりか、恥ずかしげにほんのりとその白い頬を染めたのである。

これが常に物事を戦略的に考える冷厳冷徹な『氷原の青い月』だろうか？

ローグ卿は、ルシアンがこれほど感情を露わにするのを初めて見た。もちろん、ベッドの中で自分と一緒にいる時以外で——である。

いや、ベッドの中ですら、この氷の男は滅多に感情を見せたりはしないのだ。

それがひどく他人行儀な気がして、ローグ卿は少々気にかかっていたのだが——。

「ラルフ、こちらは光の騎士団の長、ヴァン＝デン・ローグ卿、そちらは副長のラーズ・ロヴァル卿でいらっしゃいます」

面白くない。ローグ卿は内心で呟いた。どれほどの知己かは知らないが、ルシアンがこのどこか傲慢そうにも見える北の男を名前で呼ぶなんて——。

だが、自分はその背に『光の教え』を背負っている。ローグ卿は副長を見習って涼しい顔を装い、騎士の礼節に則ったできるだけ短い挨拶をした。

「ラルファス・ローランド卿、お目にかかれて光栄です」

「いやいや、ローグ卿、おれこそ『砂漠の赤い星』にお会いできて光栄だぜ。なるほど、さすが一騎当千の光の騎士を束ねるだけあって、いい面構えしてんなぁ。旅人にも女にも優しいって評判だったからもっと優男かと思ってたが、身体からも燃える炎みたくエネルギッシュなオーラが出てるぜ」

そのオーラはきっと、ラルファスに対する不快感の表れに違いない。ローグ卿は、なんだかラルファスに小馬鹿にされているような気がした。

「恐れ入る。貴殿も優しげなお顔に似合わず、野獣も恐るるに足らずと言ったお心意気のようで」

野蛮で粗雑と言いたいのを我慢して、ラルファスの狩猟刀と焦げ茶のベストを暗に示せば、サスキア王の深緑の目がキラキラキラッと光った。

「そうなんだよ！　ラルフィは襲いかかって来た狼を、一人で退治した事もあるんだぜ。そのベストの縁取りがその狼の毛皮なんだ。な、ラルフィ」

どうやら、ラルファスにやり返したつもりが、サスキア王の興奮をより高めてしまったようだ。

「やったのは一人じゃねぇって、何回も言ったろ」

「でもでも、トドメを刺したのはラルフィじゃないか！」

若い王は、ルシアンに対するのとはまた別の意味合いで、ラルファスに心酔しているらしい。お堅いルシアンの教育にもかかわらず、ラルファスと似た言葉遣いをしているのが何よりの証拠だ。

「それにこのベストはヘラジカをハントした時のやつで——ローグ卿たちも知ってるだろ？　あの二メートル級のでっかいシカだよ。すごいだろー。で、このベストはさ、このでっかい狩猟刀込みで、オレがもらう事になってんだ！」

「ああ、陛下がおれの背を越したらな」

「そんっなの、すぐだぜ！　来年の今頃はきっと——」

「どうだろうなぁ。そのまま成長が止まっちまうって事だってあるぜ？」

「そんな事ない！　オレの野望は、ラルフィを抜いてローグ卿よりデカくなる事なんだからな！」

「サスキア様、もうその辺になさいませ。ラルフ、あなたも本題をお忘れですか？」

いつまで続くかわからない他愛もないやりとりを見かねたか、ルシアンが割って入った。

と言って、やはりルシアンに、二人の粗雑な言動を咎める様子はない。むしろほほえましげに目を細めている。

やっぱり面白くない。自分以外にほのぼのとした様子を見せるルシアンも、未だ自分に対抗意識を燃やしているらしいサスキア王も——。

今度はいささか語気荒く、ローグ卿は胸の内で呟いた。

＊

ルシアンの言った『本題』というのは、ラルファスに『光の教え』大聖堂建立の資材調達を一任するので、今後は彼と綿密な連絡を取り合って欲しいという事だった。ラルファスが治める北方の地は、鉱山や石切場をはじめ、材木用の常緑樹が鬱蒼と茂る森林を有しているらしい。

レヴァイン王国にサスキア新政権が誕生してから二ヶ月。反逆者ガレスが逃亡の際に破壊していった市街地も瓦礫がほぼ片づき、『光の教え』は現在、王都で計画されている新住宅の建設と並行して、ようやく対ガレス同盟の条件だった自治区の創設に着手する運びとなっていたのだ。

『光の教え』に譲渡された土地は、レヴァイン城のある王都からそれほど遠くない南の乾燥地帯。元来の活動拠点だった砂漠地帯と似通った気候が決め手だった。

「教主様が虚弱体質でございまして、慣れた気候の場所がよろしかろうという事で」

ロヴァル副長が、自治区エリアが明確に記された地図を広げて言った。その地図は先ほどサスキア王から受け取ったばかりで、ロヴァル副長はその場でローグ卿に資材担当に任命されたのだ。

ここでローグ卿の名誉のために言っておくと、彼は何もラルファスが気に入らないから、その役をロヴァルに当てたのではない。資材調達は重要な任務だし、と言って、ローグ卿自身には自治区創設を総括的に計画実行していくという重責があるのだ。

ただ、今回はレヴァイン側との初の打ち合わせという事もあり、総責任者としてローグ卿も不愉快を押して同席していた。

片やレヴァイン側からはラルファスのみ。よほど王とルシアンに信頼されているのだろう。ローグ卿たちと円卓を挟んで、どっかりと椅子に腰を下ろしている。

自分が想いを寄せる相手にやたら馴れ馴れしい厭な奴――。考えてみれば、サスキア王もローグ卿に対して、こんな気持ちだったのかもしれない。

「虚弱体質ねぇ。お守りするあんたらも大変だなぁ。おれもちっとばかし経験あるけどよ――って、サスキア陛下は身体だけは丈夫だったな。ありがたい事に」

ラルファスが、地図で自治区の位置を確認しながら言った。氷原にいた頃も世話になったとサスキアが言っていたから、この男もルシアンがサスキアを養育するのを手助けしたのだろう。

「けど、教主様だって意外に元気だって、陛下が言ってたぜ？」

「それはひとえに、サスキア王が何かと教主の気を紛らわせてくださるお陰。我ら騎士団としても、心より感謝申し上げている次第です」

実際、教主に関しては、ローグ卿もサスキア王に対し、本当に頭が下がる思いだった。忙しい政務の間を縫って、よくもまぁあのわがまま者につき合ってくれるものだと思う。

「まぁ、陛下もいっつも大人に囲まれて、同じ年頃の子と遊ぶ機会なぞなかったからな。教主様といると純粋に楽しいんだろうよ。こっちこそ感謝してる。だから、おれも今回、目一杯あんたたちの役に立たせてもらうぜ」

北の男は快活にそう言って、それが癖なのだろう、やはりニヤリと笑った。

そんなラルファスを、ローグ卿も少しは見直しかけたのだが――。

「けど、ルシアンに関しちゃぁ、ちょっとなぁ。おれが側についてりゃ、あんな馬鹿(ばか)な真似ぇさせなかったのによ。ちょうど陛下に頼まれて、氷原のアジトを始末しに行ってたからなぁ」

「『馬鹿な真似』とは——？」

ローグ卿の眉が、不穏にピクリと吊り上がる。

もしや——いや、もしかしなくても、ルシアンが二ヶ月前、冷静さを欠いてローグ卿救出に飛び出していった件に違いない。

ローグ卿は、頭の中がカッと熱くなるのを感じた。

あの一件は、ルシアンの自分への思いを知る事のできた大切な出来事。そしてあの一件があったからこそ、二人は些細な事で行き違ってしまっていた気持ちを取り戻す事ができたのだ。

それを『馬鹿な真似』呼ばわりとは、いくらルシアンの長年の知り合いでも許せない。

「おっと、いけねぇいけねぇ。ついよけいな事を言っちまった」

ローグ卿の怒りを感じ取ったか、ラルファスが慌てて言い繕った。

が、それがポーズだという事は、狡猾そうにニヤけたアイスブルーの瞳からも明らかだ。

「なぁに、珍しくあいつが一人の男に肩入れしてるみてぇだからよ。あーあ、あんなに可愛がってやったのによぉ。妬けちまうねぇ」

この男————っ！

＊

これは何かの挑戦か？

それとも、若造がとばかり、やはり小馬鹿にされているのか？

ローグ卿はラルファスとの打ち合わせを終え、報告のため教主の居室へ向かいながら、苛々と何度も何度も思い返していた。カツカツと大理石の回廊に高く響くブーツの音が、彼が内心いかに穏やかでないかを物語っている。

いやいや。あの男のあの態度は、明らかに喧嘩を売っている。仮にそうでないにしても、自分を挑発している事は間違いない。

何のために――？

『あんなに可愛がってやったのに。妬けるねぇ』

その言葉を思い出すと、ローグ卿はまた腸が煮えくり返った。

『おれが側についてりゃ』だと？

あの男が側についていたら、ルシアンはいったいどうしていたと言うのだ？

俺が捕らえられたと聞いても慌てず、冷静に事態の裏を読んで成り行きを見守ったとでも――？

そんなはずはない。ルシアンはサスキア王に相談する間すら惜しんだのだ。よしんばあの男が側についていたとしても、やはりこの身を案じて救援に駆けつけてくれたに違いない。

そのくらい、この二ヶ月、肌を合わせてきた身にはわかる。

とは言うものの、ローグ卿は、ラルファスを見て頬を染めていたルシアンの姿が、やはり気になっていた。

そして、ふと気づく。

あんな顔、俺の前ではした事がない。抱き合う時の上気した顔とは違う、もっと気持ちの高揚による紅潮——。

気持ち——？

そう言えば、ルシアンの気持ちはどうなのだろう。

あまりプレッシャーをかけてもと、ローグ卿はルシアンに、抱き合うのが『嫌でないのならそれでいい』と、少し引いた形で言った。

ルシアンもそれには同意してくれたのだが、その同意には、抱き合う事だけでなく、それに伴う気持ちの問題も含まれていたのだろうか？

ふとした拍子に、頬を赤らめさせるほどの気持ちが——？

ローグ卿の胸の内が、どろどろと厭な感じに渦巻いた。

男の嫉妬は時に厄介——それを自分自身に感じる日が来るなどと、まさか思ってもみなかった。

「ヴァン」

側を歩いていた年上の副長に久々に名前で呼ばれ、ローグ卿はどきりとした。

この感じには覚えがあった。自分が騎士長に就任する以前から、ロヴァルは光の騎士団の副長を務めていたのだ。

「今更あなたに忠告もないでしょうが、あまり一つの事に囚われすぎていると、見えるものまで見えなくなってしまいますよ。たまには騎士たちの酒盛りにも顔を出してはどうです？　騎士長のつき合いが悪くなったと、彼等も寂しがっていましたよ」

少し頭を冷やした方がいい。

ローグ卿も、確かにそうは思うのだが——。

2.

「あ……ヴァン、もう……っん——っ」

ほっそりとはしているが鞭のような強さのある身体をしならせ、ルシアンが絶頂へと上り詰めた。

ぎゅっと絞り上げられるような収斂に逆らわず、ローグ卿もその冷たい外見とは裏腹に熱くぬめっているルシアンの中へ自分を解き放つ。

最後の一滴まで出し尽くし、後ろから抱いていた身体からずるりと己自身を引き抜くと、んっ……と小さく艶めいた吐息を漏らして、ルシアンが力なくベッドにくずおれた。

本当はそのままもっとルシアンの中を味わっていたいのだが、ずっと留まっていると、ルシアンが息を吐くのすらためらうようにその身を震わせる。なので、上り詰めた後はなるべく速やかにそのしなやかな肢体から離れるよう、ローグ卿はいつも気にかけているのだ。

ここはレヴァイン城右翼にあるローグ卿の居室。そして、二人ですごすと決めている週の四の日の夜である。

ローグ卿が、こうして週に一度、互いの居室を順番に訪れるという約束をルシアンに取りつけたのは、二ヶ月前、二人きりの熱い先勝祝いをした夜だった。

そうでもしなければ、真面目にくそがつくほど職務に忠実な男の事、気分が盛り上がって抱き合ったのはよいけれど、以後は宰相としての立場や任務を優先して、二人の逢瀬など一番最後に追いやられ、次はまたいつ会えるかわからなくなってしまいそうな気がしたのだ。

それでローグ卿は定期的に会う事を提案したのだが、ルシアンは別段異を唱えなかった。しかも、今回は自分が訪れたのだから次は貴公の番だと迫ったら、あっさりとそれも了承したのだ。

生真面目なルシアンだけに公平性にこだわったのだろうが、それでも、あれ以来この逢瀬を続けてくれるのは、冷静な判断を欠いてまで救援に来てくれたあの時の想いを未だにローグ卿に抱いていて、二人だけですごすこの時間を大切に考えているからに違いない。

そこまでは、ローグ卿にもわかる。肌を触れ合わせ、熱を交わし合っていると、わざわざ言葉にして言わなくても通じ合うものというのは、確かにあるのだ。

あるのだが――。

挑戦的なアイスブルーの瞳が、ふと脳裏を掠める。

それを振り払うように軽く頭を振ってから、ローグ卿は染み一つない背中にそっと口づけ、しなりと四肢を投げ出したルシアンの側に身体を横たえた。

肩に手をかけ抱き寄せると素直に従うが、ルシアンは事後の上気した顔を隠すように、俯(うつむ)き加減に目を伏せている。

「ルシー……」

名を呼んで顎を上げさせ、うっすらと開いた唇に口づけて舌を差し入れると、遠慮がちな舌がそっと絡んできた。それを強引に引き出して吸っていると、いつもの飢餓感がローグ卿を襲ってくる。

ルシアンがまだ足りない――。

このまま二回戦に持ち込みたいのは山々だが、ルシアンがそれを許してくれたのは二人だけの熱い戦勝祝いの夜だけだった。あの時、それほど無茶を強いたつもりはなかったが、翌日の業務に差し支えたとかで、ルシアンは以後、一切二回目をさせてくれない。

こうして抱き寄せたり口づけたりすれば応えてはくれるが、そのうち、その手をローグ卿の厚い胸に押し当てて身を離し、未だ艶冶(えんや)に濡れた碧眼で、そろそろ自室へ戻ると言い出すのだ。

実際、定期的に夜をすごしていると言っても、二人が朝まで一緒だった事はまだ一度もなかった。光の騎士長とレヴァイン国宰相、それぞれ重要な地位にいる者同士が互いの部屋から朝帰りなど外聞が悪い――と、そうルシアンは言うのだ。

それは確かに、世間一般に『光の教え』とレヴァイン王国の対等性を印象づけておきたいローグ卿としても、理解納得しているところだ。

だが、そういう理性的、政略的な事でなくて、もっと――。

そう。もっとルシアンにも、自分を欲しがって欲しいのだ。もっと乱れて欲しいのだ。

ローグ卿はふと、いつも欲しているのは自分だけのような気がしてきた。

ルシアンはこうして部屋を訪れてはくれるが、自分からねだったり溺れたりする事は、まずないと言っていい。口づけを仕掛けるのも、ベッドへ誘うのも、いつもローグ卿の方からなのだ。

ローグ卿は今までそれを不満に思った事はなく、ルシアンが応えてくれるだけで十分だと思っていたが、ルシアン自身は、自らローグ卿が欲しいと思う事はないのだろうか？

ローグ卿に対しては、つい頰を赤らめてしまうほどの気持ちを抱いたりはしないのか？

もし。

もし、相手がラルファスだったら――？

その仮定は予想外の鋭さでローグ卿の心を抉り、同時に、身体がカッと凶暴な熱に満ちた。

と、ドンっといきなり拳で胸を打たれ、口づけと抱擁が振り解かれた。いつの間にそれほど力を込めていたのだろう。ルシアンが忙しなく胸を喘がせている。

「ヴァン、苦しい……」

「あ……、すまん……」

ローグ卿は、離れていったしなやかな身体を、もう一度抱き寄せるのをためらった。

乱暴にするつもりなど、さらさらなかったのに――。

「どうかなさいましたか？　何だかいつもの貴殿らしくない——」

ルシアンが、先ほどの息苦しさのせいだろうか、潤んだ碧でローグ卿をのぞき込んできた。

「何だ、心配してくれるのか？」

その心配が本当は嬉しいはずなのに、つい皮肉交じりに返してしまう。『貴殿』と未だに堅苦しく呼ばれるのが、今日に限って引っかかった。

ラルファスの事は『あなた』と呼んでいたくせに——。

ルシアンの柳眉がすっと悩ましげに寄せられて、ローグ卿は些細な事で苛ついている己を嫌悪した。

「心配ですね。大聖堂の資材調達は順調に進んでいますか？」

「資材調達？」

まったく念頭になかった事を持ち出され、ローグ卿は一瞬、何に苛ついていたかを見失った。

が——。

「ラルフはあの通り、少し癖のある人ですから」

「ラルフ」

「ええ、ローランド卿です。あの人は——」

「いや、資材調達ならロヴァルに任せてある。あの男なら、どんな相手とだろうが上手くやるさ」

さっきまで自分の唾液で濡れていた唇——それがラルファスを語るのが許せなくて、ローグ卿はルシアンの言葉を遮った。

とは言え、やはり、ルシアンの中でのあの北の男の位置づけが気になってしまう。

「ローランド卿は、そうだな、確かに変わっているが……貴公の目から見てどんな男だ？」

自分もまた、他人行儀に『貴公』などと言ってしまうからいけないのだ。

そうは思っても、ローグ卿にはルシアンを『おまえ』とは呼べない。節度をわきまえぬ馴れ馴れしい男と、軽蔑されたくないのだ。

「ラルフですか？　そうですね。私よりもずっと年上ですが、幾つになっても無邪気で斬新な感性を持っていて、常識を蹴散らしながらぐいぐい仲間を引っ張っていく――そんな感じでしょうか」

「なるほど、豪快な男なんだな。サスキア王は、氷原でも世話になったと言っていたが？」

「それ以前に、ラルフがいなかったら、サスキア様も私も生きてはいなかったかもしれません」

「生きていなかった――？」

「ええ……」

澄んだ湖面のような碧い瞳が、少しだけ遠くを見るように宙に浮く。ルシアンはシーツの間に俯せてゆったり四肢を伸ばすと、顔だけをローグ卿の方に向けた。

「ラルフはクーデター勃発時、一日と置かずして北方から駆けつけて、サスキア様を幽閉先から救出するのに手を貸してくださいました。そして、私たちを国外へ脱出させるため、ガレスの追撃を一手に引き受けてくださったのです。あの人の迅速な動きがあったからこそ、今の私たちがあると言っても過言ではありません」

「迅速、か。一昨日(おととい)の資材調達の打ち合わせで聞いたところだと、北方の地からここまで、急いでも二日近くはかかるとか。対応が異様に早すぎやしないか？」

実はガレスと何か関わりがあったのでは――とまでは言わないが、よくは思っていない相手の事、ローグ卿はつい、悪意のある言い方をしてしまう。

が、ルシアンはその悪意に気づかなかったようで、さらりと笑った。

「ラルフは、サスキア様の父王キアヌ陛下のご学友なのです。亡き陛下はガレスの台頭を危惧なさっておられたとかで、前もってラルフに有事の際を託されていたそうです」

「なるほど、先代の学友か。それでサスキア王に対してもああいう砕けた接し方なのだな」

「サスキア様も早くに父君を亡くされたせいか、ずいぶんとラルフを慕っておいでですからね。立派な王よりは、ラルフのようなワイルドな男になりたいそうですよ」

「狼やヘラジカを倒して歩くような、か？　それは頼もしい事だな」

「まぁ、そう言った事もでしょうが、サスキア様は、ラルフのように常識に囚われない、懐の広い男になるのが目標なのですよ」

ほほえましげに目を細めるルシアンに、ローグ卿は何だか遣る瀬(やせ)ない気持ちになってきた。

話を振ったのは自分だとは言え、情を交わしたベッドで二人でシーツにくるまって、なぜこんな風に厭な男の話をしているのだろう。

「貴公も、そういう男が目標なのか？」

ローグ卿は、声に嫉妬が滲んでいない事を願った。

「私はラルフとはタイプが違いますから――。でも、潜伏先での隠れ家の手配や、対ガレス勢力の組織作りなど、色々と手を貸していただきました。あの人自身、北方の地をガレスの脅威から守らねばならないお忙しい身でしたのに……」

「ああ、鉱山に広大な森林、北方は資源が豊からしいな。ガレスでなくても欲しくなる」

「ええ。北や東の隣国も、隙あらばと狙っています。でも、あの地にあの人がいる限り大丈夫です。何の憂いもありません」

「あの男も、またずいぶんと信用されたものだな」

言葉の端々に、どうしてもトゲを含んでしまう。さすがにルシアンにも気づかれるかと、そうローグ卿は思ったのだが――。

「信用だけでなく、尊敬もしています。だからこそ、大聖堂の資材の件で『光の教え』との調整役をお願いしました。口は悪いですが、誠実で強い人ですよ、ラルフは――」

面白くない。ルシアンがまるで少女が憧れの人を語るような目つきで、うっとりとラルファスを語るのが面白くない。

そう思ったら、もう抑えが効かなかった。

ローグ卿はルシアンの肩を摑んで仰向けにさせると、激しく口づけながらシーツの間に手を入れ、ルシアンの小さな入り口をまさぐった。

碧眼が驚きに見開かれ、ルシアンが腕を突っ張って唇をもぎ離す。

「ヴァン？　いきなり何を――っ？」

「何って、口づけだ、ルシー。それに、俺はもう一度貴公の中に這入りたい」

「それは……っ。でも、明日の業務に差し支えが――」

「明日の事など、明日考えればいい。俺は今、どうしても貴公が欲しい」

「でも……っ」

抗うルシアンの片足を抱え上げ、ローグ卿は己の放ったもので未だぬめっている蕾に指を潜らせた。

「ん――っ」

「まだやわらかく濡れている。これなら時間をかけずとも、すぐにできる」

言うや否や指を引き抜き、ローグ卿はルシアンの熱い身の内へと己自身を突き入れた。

「あ、くう……っ」

性急な嵌入にルシアンが呻いて、細い頤を跳ね上げる。

その頤に宥めるような口づけを落として、ローグ卿は言った。

「ほら、貴公の中も悦んでいる。こんなに俺を締めつけて」

実際、ルシアンの媚肉は歓喜したようにローグ卿をぴったり押し包み、奥へ誘うように蠢いている。

ルシアンが認めたくないとばかりに、二度三度と首を振った。

「そ、んな……っ」

「もっと……もっと悦くしてやる。だから意地を張らずに、貴公も俺が欲しいと言ってくれ」

どこか祈るような気持ちで言って、ローグ卿は伸びやかな両脚を抱え込み、ルシアンの弱い所に殊更に狙いを定めて突き上げた。

「う、んん――っ」

ガクガクと伸びやかな下肢が痙攣する。それに構わず、ローグ卿はルシアンの狂おしくなる一点を捏ねては擦り上げた。

「ヴァ……っん、そこ……っ、だ……め……っ」

「ルシー、俺を欲しいと言え！」

ルシアンが頭を激しく振って、ローグ卿の逞しい身体の下で仰け反った。

「は、あっ……もう――っ」

絶頂が近いのだ。ローグ卿はそれまで自分の腹部で擦り上げていたルシアン自身を、ぎゅっと手で握り込んで扱き上げてやった。

「うう……っ、く、あぁ――――っ」

四肢を硬直させ、ルシアンが二度目の精を吐き出す。

ローグ卿もまた、白い身体をぎゅっと抱いて、その最奥へと己を叩きつけた。

が、今度はすぐに身を引いたりせず、はぁはぁと荒い息を吐きながら、未だ収縮を繰り返すルシアンの中にじっと留まっている。

もう少しこの心地よい潤みに浸って、何が悪いのだ。

こうでもしていなければ、ルシアンを本当に身近になど感じられないではないか。

「ヴァン……？」

ルシアンが怪訝そうに碧い瞳を向けてきた。

それがまるで、まだ出て行かないのかと言わんばかりに思え、ローグ卿はかえってルシアンを抱く腕の力を強くした。

「ヴァン、あの……、放してください」

いつまでも抜いてくれないのに痺れを切らしたか、ルシアンが言いにくそうに口ごもり、ふるりと身体を震わせた。二度はしないという暗黙の了解を無視した事については、咎める気はないらしい。

「そろそろ、自室に戻らねばなりませんし……」

「そんなに邪険にしなくてもいいだろう。俺はもう少し、貴公の中を楽しんでいたい」

「で……も、明日の業務が――」

業務、業務、業務――！

ローグ卿は激しく苛ついた。

週に一度しか親密な時間を持てぬのだから、たまには融通を利かせてくれてもいいではないか。互いの居室以外では、騎士長と宰相という立場でしか接したがらぬくせに。

第一、常識を蹴散らすような男を尊敬しているとか言うくせに、俺には判で押したような規則事を押しつけるのか。

「ヴァン、何か……怒っているのですか？」

　苛つきが顔にはっきりと出ていたのだろう。ルシアンが悩ましげに柳眉を寄せ、訊いてきた。

　ローグ卿の胸に言いようのないもどかしさが渦巻き、それが怒りへとすり替わる。

「それがわかるまで放さない。まだ、できるだろう？」

「え——？　あ、嫌っ……」

　身体の中で急に力を漲らせたローグ卿自身に、ルシアンが慌てて身体を捩った。

　それを上半身の重みで押さえつけておいて、ローグ卿は信じられない気持ちで聞き返す。

「嫌、だと？」

「もうこれ以上は嫌です！　放してください。自室へ戻ります！」

　碧い瞳に焦りの色を浮かべ、ルシアンは結合を解こうと脚をばたつかせた。

　今まで、ルシアンにここまではっきりと拒絶された事はない。ローグ卿の胸の内が、次第にどす黒く染まってきた。

「だめだ。戻さない」

　ローグ卿はルシアンの訴えを軽く無視すると、膝が胸につくまで深く折り曲げさせ、力任せに己を打ち込んだ。

　ぱちゅん——と、淫らな水鳴りの音が室内に響く。

「いっ、嫌！　やめてくださいっ、ヴァン――っ」

がっしりと押さえ込まれ、動かせぬ両脚の代わりに、ルシアンは激しく頭を振った。

「そんな事を言っても説得力がないぞ。こんなに俺を食い締めておきながら」

「違……っう――！」

「何が違うものか。ほら、ここが疼いてたまらんのだろう？」

ローグ卿は、ルシアンの身の内の弱い所を容赦なく擦り上げる。

「ひ……、や、やめ……う……あっ、やめ……て――！」

否定の言葉を繰り返すも、いつにも増して執拗にいじられ続けた肉体は敏感に反応し、既にぐずぐずに蕩け始めていた。

快感と苦痛の入り交じった顔で、ルシアンが高く啼く。

「い……や、壊れ、る――っ」

その言葉を境に、ルシアンは箍が外れたように悶え始めた。与えられる刺激に素直に善がり、半分意識が飛んでいたのか、うわ言めいた求めの言葉を吐きもした。

それに気をよくして、ローグ卿の責めにもますます拍車がかかる。

「ルシー、もっと欲しがれ。もっと悦くしてやる」

ローグ卿は、後ろから抱え込んでいた細腰を激しく揺さぶりながら言った。ふとした拍子に、白い背中にローグ卿の赤い髪がすべって、ルシアンの息を詰めさせる。

「あっ……んん！」

同時に媚肉がきゅっと収縮して、ローグ卿を甘美に締め上げた。

「もっとだ」

奥まで突き込んで掻き回すと、ひっと尖った息を上げ、汗で濡れた金色の髪を振り乱す。

「悦いか？　悦いのか、ルシー？」

訊けば何度も頷いて、日頃の慎みなど忘れたかのように自らも腰を弾ませる。

「あっ、ヴァン――っ。もっと……あ、もっと……っ」

求めに応じて後ろから抱き起こし、ローグ卿は汗ばんだなまめかしい身体を膝に抱え込んだ。

そして、張り詰めて悦なる雫を滴らせているルシアン自身ごと、下腹に腕を回して押さえつけ、空いた手で小さな乳首をまさぐった。

「や……ぁ、そこ……だめ――ぇ」

「どうして？　好きだろう、ここ？　せっかく膨らんでいい色になってきたのに」

すでにさんざんいじり回した乳首は、両方とも赤く腫れたようになっている。ルシアンが泣きそうな声で訴えた。

「だめ……、も……痛っ……い……」

「でも、こうして抓んで捏ねると、中がすごくよく締まる。いいんじゃないのか？」

赤く染まった耳元で意地悪く囁くと、それすらたまらないといった風に上体を捩る。

だが、それがまた男を呑み込んでいる内部に新たな快感を生じさせたらしく、ルシアンは引き攣った呻きを漏らして、前に突っ伏した。

気がつくと、ルシアンの腹に回していた腕が濡れている。

「達ったのか、ルシー？　でも、まだ……まだ終わってない」

きれいな稜線を描く白い背中が、ひくりと怯えたように反応した。

それでも、この美しいものをもっと追い詰めなければ、欲望は尽きそうにないのだ。

ローグ卿はいったんルシアンの熱い潤みから己を抜き出すと、しなしなと力の抜けた身体を返して片足を肩に担ぎ上げ、濡れそぼった内部へと再び押し入った。

「い、や……まだ、キツ……っ」

とは言うが、絶頂を迎えたばかりで敏感になった媚肉が、貪欲にローグ卿にまつわりついてくる。

ずる、と半ばまで引き出すと、無意識にだろう、ルシアンの腰がそれを追うような動きをした。

「まだ欲しいくせに」

ローグ卿がからかうように言うと、ルシアンが碧眼を淫らに潤ませ、熱に浮かされたように呟いた。

「んん……欲し、い……」

妖しく誘うような蠢きに逆らわず、ローグ卿は深く激しく、ルシアンの奥を穿った。

ルシアンは悲鳴に近い喘ぎを上げつつも、再び込み上げてくる快感に溺れ始めているようだ。

「あ、んっ……あ、あっ……い、いい……っ」

ローグ卿を受け入れている媚肉が、何度も痙攣を放った。細い頤が跳ね上がる。

「ああっ、また——っ」

「達けよ、ルシー。何度でも——っ」

その言葉が合図のように、触れられてもいない昂ぶりから、幾度目かわからない精が吹き出した。

「は……っ、んっ、あ、あ……ああ——っ！」

ガクガクと下肢を震わせながら、ルシアンが悦楽に高く啼く。

そして——。

「ルシー？　ルシアン！」

ふっ——と意識を失った。

3.

ルシー。

ルシー……！

名を呼ばれ、ぺちぺちと頬を叩かれる感触に目を開けると、ルシアンの目の前にひどく焦った表情の赤い髪の男がいた。ローグ卿だ。

「ルシー、よかった、気がついたか！」

ローグ卿が、あからさまにほっと胸を撫で下ろす。

だが、ルシアンは頭がぼうっとしていて状況が飲み込めず、何度か目を瞬かせた。

「ヴァ――？」

問いかけようと口を開けたはいいが、喉がひりついて上手く声が出てこない。身体を起こそうとすれば、腰が鉛のように重く痺れて、身体の奥に鈍痛が走った。

「まだ動かん方がいい。今、きれいにしてやる」

何を――と思うが、腕すらだるくて持ち上げられない。

「じっとしていろ」

ローグ卿が裸の胸を晒したまま、シーツを手繰り寄せ、ルシアンの目や頬や口元を拭き始めた。

そんな事をするのかと目で問えば、精悍な顔がさっと強張った。

「ど……して……？」

「貴公は……気を失っていたのだ。少しの間――」

気を失って――？

「――っ！」

ぼんやりしていた頭に、一気にすべての記憶が甦ってくる。自分がどこにいるのか、何を強いられたのか、そして、それに対して自分はどう振る舞ったのか――。

そうだ。ローグ卿が今拭いてくれたのは、度を超した快楽に啜り泣いた涙に、だらしなく開いた唇から垂れた唾液。声が掠れて出ないのは、慎みを失って喉も潰れんばかりに善がり、浅ましく求めの言葉を吐き散らしたから――。

「すまん、無理をさせた……」

「だ……から……」

「でも、俺は――」

「だから！」

「え――？」

「嫌だと言ったのに――！」

激しい自己嫌悪と怒りが、カッと全身を支配する。

刹那、ルシアンは目の前の男の頬を拳で殴っていた。ガツッと鈍い音が室内に響く。

「ル、シーっ？　何を――」

驚いて濃紫の目を瞠る男を睨めつける。

二度目を許したのに。何度も嫌だと言ったのに。やめてくれと頼んだのに。

無視するなんて酷い――！

「私は、嫌だと言ったんです！」

掠れる声で叫び、ルシアンはベッドから飛び下りようとした。

が、脚に力が入らず、無様に床にすべり落ちてしまう。

「危ない！」

慌てて助け起こそうとする騎士長の手を、ルシアンはぱしんと振り払った。重い腰を引き摺り上げるようにして立ち、脱がされた服を拾って身繕いを始める。

「自室へ戻ります」

「戻るって――まだろくに動けもせぬのに！」

実際、意識を飛ばすまで擦り上げられた身の内に力はほとんど入らず、足腰がガクガクと震えて、服を身につけるのさえやっとだ。

だが――。

「ルシアン、もう少しここに――」

これ以上、一時たりともいられない。

「戻ります」

止めるヴァンを振り切って、ルシアンはよろよろと部屋を出た。

*

城の右翼と左翼を結ぶ薄暗い回廊を、ルシアンは壁をつたうようにして自室へ向かった。限界まで刺激された身の内がひどく腫れぼったく、一歩踏みしめる度に鈍痛に襲われる。

信じていたのに。

まさか、こんな仕打ちをされるなんて――。

時に傲慢な事もあるが、ローグ卿は今まで、ルシアンに対して決して強引な事はしなかった。同盟強化の目的で交わっていた二年間を含め、いつも節度をもって接してくれたのだ。

だからこそ、心を許してこの身を任せ、誰にいつ見咎められるかと危惧しつつも、週に一度の逢瀬も受け入れたのだ。

なのに、あれほど嫌がるものを押さえつけて、力ずくで快感を引き出そうとするなんて――。

瞬間、激しい嫌悪を伴って、ルシアンの脳裏に過去の嫌な記憶が甦る。

実験室の天井から垂れ下がった鎖。

薬で極限まで高められた性衝動。

その昂ぶった身体に、繰り返し与えられる快楽という名の暴力。

自分が自分でなくなる感覚に怯えつつ、うわ言のように繰り返す求めの言葉。

そして、過ぎた快感に負けて撒き散らす歓喜の声と涙――。

ああ、嫌だ嫌だ嫌だ！

あんな屈辱、二度と思い出したくなかったのに！

二度とあんな浅ましい真似をしたくなかったのに……！

自分は八年前とちっとも変わっていない。

欲望を極力抑え込み、常に厳しく己を律してきたというのに、口では嫌だと言いつつも、肉が疼いて悶えて止まらなくなってしまった。

はしたなく甘い声を上げ、自ら腰を突き上げて、四肢を絡ませ男にしがみついていったのだ。

ああ、あんな淫らな姿を晒してしまった自分が許せない。

それを無理矢理に引き摺り出したあの男が許せない。

ああ、あの男、ローグ卿！

彼にだけは、見られたくなかったのに――――。

「ルシアン！」

回廊をいくらも行かないうちに、ローグ卿が追いかけて来た。

見れば慌てて身繕いしたらしく、シャツのボタンが留まっていない。それでもズボンにきっちりブーツを履いているのは、騎士として最低限の身だしなみなのだろうか。

ルシアンはさっと目を逸らし、寄りかかっていた回廊の壁から急いで身を離した。やはり足腰が立たないのだろうなどと、絶対にローグ卿に思われたくない。

が、身体というものはなかなか思うようには動いてくれぬもので、壁から手を放したとたんに、ルシアンはよろりと大きくバランスを崩してしまった。

「あっ――」

倒れる――と思った瞬間、足下がふわりと浮く。あっと思った時には、ルシアンはしっかりとローグ卿の太い腕に抱きかかえられていた。

「な、にを――っ」

「今は俺に触られるのも嫌だろうが、貴公の部屋まで我慢してくれ」

ローグ卿が強張った表情のまま、ルシアンを見下ろした。

いつもは自信に満ちた濃紫の瞳が珍しく弱気で、殴られた頬が赤く腫れかけている。はだけた胸板から伝わってくる鼓動にも覇気（はき）がない。

瞬時にそんな事を感じ取ってしまう自分に腹が立ち、ルシアンは暴れた。

「わかっているのなら降ろしてください！」

ところが、ルシアンが少々暴れたくらいでは、一騎当千の猛者、光の騎士団の長を務めるローグ卿などビクともしない。

それどころか、

「大声を出せば衛兵がやって来るぞ、宰相殿」

と、二人の関係を極力隠しておきたいルシアンを脅して、黙らせにかかる始末なのだ。

実際、こんな夜半に回廊で騒ぎ立てたりすれば、広い城内とは言え、見張り台の衛兵に聞きつけられてしまうかもしれない。

ルシアンは悔しげにローグ卿を睨め上げ、唇を噛（か）んだ。

それを待っていたかのように、ローグ卿がしおらしく囁く。

「さっきは悪かった。俺はただ――」

「何も聞きたくありません。放してくださいっ」

悪いと思うくらいなら、最初からしなければいいのだ。この吐き気を催すような自己嫌悪と、無理を強いられて傷ついた心をどうしてくれる！

ルシアンはローグ卿の弁解など、一切聞くつもりはなかった。

「ルシアン。ルシー、聞いてくれ」

「聞きたくないと言ったでしょう。また私の意思を蔑ろにするのですか！」

「そんなつもりはない。俺は貴公にもっと――！」

「とにかく降ろしてくださいっ」

「ルシアン、暴れると落ちるぞ」

じわり。

「――っ！」

ルシアンはとっさに息を詰め、身体を硬直させた。声を潜めて言い争っているうちに、まだ熱っぽい身の内から、ローグ卿の放ったものが滲み出してきたのだ。

いつもなら事後にすぐ湯を使い、情事の跡をきれいに洗い流すのだが、今日は怒りに任せて飛び出してきたため、すっかり失念していた。

未だそこに男の精を含んでいる事実が、意思に反して乱された屈辱を倍増させる。今すぐに、この場から消えてしまいたい。

「どうした、ルシアン？」

息を詰め、身体を小刻みに震わせるルシアンを、不安げな濃紫の瞳がのぞき込んでくる。

その一瞬の隙を衝いて身をもがき、ルシアンは騎士長の腕から逃れた。ドサリと床に倒れたルシアンを、慌ててローグ卿が助け起こそうとする。

「大丈夫か！」

「触らないでくださいっ」

当然の如く差し出された手を、ルシアンはぱんと振り払った。

と、そこへ——。

「お？　誰かと思や、騎士長殿に宰相殿。こんな夜更けに、事実上の権力者同士で密談か？」

「ラルフ」

「ローランド卿」

突然どこからともなく現れた北の男の名を、二人は同時に口にした。

「んー、密談って雰囲気でもなさそうだなぁ」

第三者の登場に、ルシアンはとっさにその場を取り繕おうと立ち上がった。ふらつく脚を踏ん張って、今度はさりげなさを装い壁に寄りかかる。

が、その危なっかしさを、ラルファスは見逃さなかったようだ。

「おいおい、ルシアン。飲みすぎかぁ？」

ラルファスがニヤニヤと、ルシアンとローグ卿を交互に見やる。

ルシアンは何か探られているようで居たたまれなかったが、ローグ卿は平然として嘯いた。

「ええ、そうです。それで宰相殿を自室へお送りしようと」

ルシアンはキッとなって言い返した。

「ですから、一人で大丈夫だと申し上げたでしょう！」

「ふうん……」

アイスブルーの瞳が、どこか愉快そうに輝いている。

「ルシアン、おまえ、そんなに酒弱かったっけなぁ。確か、ザルだったと記憶してるんだけどよ」

「私だって、体調が優れない時もあります」

なぜ、わざわざローグ卿に話を合わせてやっているのだろう。ルシアンはそんな自分に腹が立った。

「そっか。それじゃ、おれが送ってやるよ」

「いや、だからそれは俺が――！」

「いやぁ。いくら誉れ高い騎士長殿でもよ、そのセクシーな格好で城内をうろつくのは、ちっとばかしアブナくねぇか？」

ローグ卿が慌ててシャツの前を合わせるのを横目で見ながら、ルシアンはにこりともせずに言った。

「どちら様も、ご厚意だけ頂いておきます。それでは失礼――」

立ち去りかけたルシアンの肩を、ローグ卿に負けぬほど大きな手がグッと摑む。

「馬鹿だな。おれにまで意地ぃ張ってどうするよ。相変わらず可愛い性格してるぜ」

氷の宰相ルシアン・ラロック卿を馬鹿呼ばわりするのは、世界広しと言えども、この北の男くらいのものだろう。ラルファスは事もなげにルシアンの身体を肩に担ぎ上げるや、『じゃあな』とローグ卿に言って歩き出した。

「ラルフ！　一人で歩けます！」

「うるせぇ、黙ってろ。しんどい時は黙って寄っかかれって、教えたろ？」

ルシアンは自分たちに注がれるローグ卿の視線を痛いほど感じたが、一切気づかぬふりで、くたりとラルファスに身を預けた。

「忘れていました。昔から、あなたには何を言ったところで通じない――」

要は、早急にこの場から立ち去れればそれでいいのだ。

4.

まんじりともせぬ夜をすごし、ローグ卿は翌朝も早くから、王の間へ向かう回廊の入口で、出仕して来るルシアンを待ち構えていた。

昨夜の無体を心から詫(わ)び、ルシアンの許しを乞うためだ。

昨夜のあれは、どう考えたところで自分が悪かった。

いかなる理由があったにせよ、嫌がる者を押さえつけ、しかも意識を飛ばせてしまうほど追い詰めたとは、騎士の風上にもおけぬ所業。いったい何を考えていたのかと、ローグ卿は一晩中己を深く恥じ、罪の意識に苛(さいな)まれていたのだ。

とは言うものの、まさか拳で殴られるとは、少々意外であった。

その殴られた頬をそっと指で触れてみれば、昨夜のうちにだいぶ冷やしはしたものの、痛みは当然の事ながら、まだ腫れて熱を持っている。

確かに剣も人並み以上に扱うが、ルシアンは決して暴力に訴えるタイプではなかった。むしろやり返すのなら、知略謀略を張り巡らせ、相手を社会的もしくは精神的に、徹底的に追い詰める方を選ぶだろう。

もちろん、そんな、らしくもない暴力に訴えるほど、昨夜の怒りが大きかったのはわかる。

が、あれほどの激情を露わにしたルシアンを見たのは初めてで、ローグ卿はどこか戸惑ってもいた。

自分は恐らく、ルシアンの中の、何か触れてはならぬものに触れてしまったのだ。

それが何であるかも気になったが、それにも増して、昨夜のラルファスとの事が気になった。

自分の手を拒絶しておきながら、ルシアンはラルファスの申し出を渋々とは言え受け入れた。あの後、二人はどうしたろう？

ラルファスはルシアンを肩に担いで部屋まで運んで、すぐに引き上げただろうか？

それともまさか、部屋に留まり、身動きのままならぬルシアンの世話をしたのだろうか？

もしそうだとしたら、自分の抱いた身体の、いったいどんな世話を――？

つい、いらぬ妄想に走りそうな頭を、ローグ卿は強く振った。鳩尾（みぞおち）の辺りが厭な感じに引き攣れる。

ちょうどそこへ、コッコッと規則正しく歩を運ぶブーツの音が聞こえてきた。

はっと見やれば、いつもと変わらぬルシアンの、美しくも冷厳冷徹な宰相の顔。

昨夜無体を強いた身体が辛（つら）いのではと心配していたが、背筋をぴんと伸ばしたその動作に、普段と違う所は見受けられない。

たとえ体調が悪かったとしても、それを周りに悟られるような男ではないのだが、取り敢（とあ）えずは胸を撫で下ろし、ローグ卿は一歩を踏み出した。

「ルシアン、昨夜は本当に――」

「王がお待ちですので、失礼」

けんもほろろとは、まったくこういう事を言うのだろう。ルシアンは話を聞くどころか、ローグ卿と目も合わせてくれず、つんと冷たく通りすぎてしまう。

「ルシアン！　ルシアン、待ってくれ。俺は――」

「おっ、これはこれは騎士長殿。またえらくお早いお出ましで」

ルシアンに追い縋（すが）るローグ卿の後ろから、ラルファスがいきなり声をかけてきた。神出鬼没――とまでは言わないが、相変わらずどこから現れるのかわからない男だ。

「ローランド卿」

不快をグッと怺え、ルシアンを追って歩きながら渋々会釈を返す。ローグ卿が今朝、一番見たくない顔だ。ラルファスがいると、ろくな事にならない気がする。

　この男に対しては、表情を取り繕うつもりなど毛頭ない。よってローグ卿は不快感をはっきりとその顔に表していたのだが、ラルファスは臆した様子もなく言ってのけた。

「おおっ、昨夜は薄暗くってよくわからなかったが、またハデに殴られたもんだなぁ。そう言やぁ、あいつはキレると結構乱暴なんだよ。あのおキレイな見かけに騙されちゃいけねぇ」

「ご忠告、痛み入る」

　よけいなお世話だと怒鳴りたいのを、グッと怺える。そこまで大人気ない振る舞いは、ローグ卿もしたくはなかった。

　が――。

「ま、何にしても、あの冷静なヤツをあそこまで怒らせるたぁ、騎士長殿もなかなかやるな。誰にでもできる事じゃねぇ。一種の才能だな、うん」

　面白くない、面白くない！

　どうしてこの男はいつも、こんな風に神経を逆撫でするような事を言うのだ！

「しっかし、ありゃだいぶ怒ってるみてぇだぞ？　ああなるとなかなか元に戻んねぇんだ、あいつは。おいおい、どうするよ騎士長殿？」

カツカツと、ブーツの音を幾分キツめに響かせるルシアンの背を見ながら、ラルファスがどこか愉快そうに言った。

「ま、プライベートを業務に持ち込むようなヤツじゃねぇから、それだけは安心しな」

そんな事は、自分とて嫌と言うほど知っている。

こうして一日の業務の始まりを乱されるのが、何よりもルシアンの嫌うところだという事も——。

「ああ、そうだ。おれ、あいつを簡単に笑わせる方法知ってるけど、どうだ？　知りてぇか？」

そのニヤニヤと知ったかぶりな顔がついに腹に据えかね、ローグ卿は立ち止まって吐き捨てた。

「結構だっ」

「そっか。ま、聞きたくなったらいつでも来な。教えてやるぜ」

ローグ卿の不機嫌など何のその。ラルファスは早足でルシアンに追いつくと、ぽんっとその細腰を軽く叩いた。

「よっ、ルシアン。あんま無理すんじゃねぇぞ」

とか何とか、馴れ馴れしく言いながら——。

やはりローグ卿には、この北の男が何か自分を挑発しているように思えてならなかった。

＊

次に、ローグ卿は宰相の執務室へと先回りし、ルシアンがサスキア王との朝の打ち合わせを終えて来るのを待った。

執務室ならば、ルシアン以外はほとんど出入りしない。人目も気にせずにすむから、あの公私をきっちり分ける男も話を聞いてくれるのではと、ローグ卿は期待をかけたのだ。

ぐずぐずと弁解を試みるのは男らしくないだろうが、とにかくそれをせぬ事には、もやもやと気持ちの収まりがつかない。

「勝手に入られては困ります！」

ドアを開け、室内にローグ卿を認めるなり、ルシアンは第一声でそう非難した。

が、苛ついたキツい碧眼に怯(ひる)んでなどはいられない。

「ルシアン、頼むから聞いてくれ。昨夜は悪かった。俺自身、あれほど自制が効かぬとは思いもしなかったのだ。許して欲しい」

一息にそこまで言い切ると、ローグ卿は謝罪の言葉が確かに届いたかどうか、ルシアンの表情をうかがった。相変わらず喜怒哀楽を抑えた無表情だが、聞きたくないとも、出て行けとも言わない。

ならば——と、ローグ卿は無様を承知で本音を吐き出した。

「俺は……ローランド卿が妙に貴公の保護者面をしたり、俺の知らぬ貴公をさも知っているような口ぶりをしたりするのに、つい、頭にきてしまって……」

湖面を映したような碧い瞳が冷たく光る。ルシアンはローグ卿を一瞥(いちべつ)しておいてその脇をすり抜け、執務机に向かった。

「貴殿が何をおっしゃっているのかわかりません。ラルフは私の保護者ではありませんし、第一、私が彼に初めて会ったのは、私がお城に上がった十四歳の時です。あの人が貴殿の知らない私を知っていても何の不思議もないでしょう。なぜその事が頭にくるのですか？　それに、頭にくれば何をしてもよいというわけではないでしょう」

ひどく当たり前の事をひどく冷静に淡々と述べる。この男に裁かれる罪人は、きっとこんなどこにも逃げ道のない追い詰められた気持ちになるのだろうと、ローグ卿はそう思った。

「いや、それは重々承知している。だが、そういう事ではなくて――」

「そういう事ではなくて、何なのです？」

机上の書類を手に取り振り向いて、ルシアンがどこか挑むように言った。

「俺は……、あの男に嫉妬したのだ」

初めてそんな言葉を聞く――とでも言いたげな、そんな顔をルシアンはした。

「嫉妬？　どうしてまたそんな――？」

「どうして？　この状況で、どうしてと訊くのか！」

「ええ。よろしければお聞かせください」

あくまでも平然とした氷の男が恨めしすぎる。

ローグ卿の胸に、怒りとも何ともつかぬ熱いものが沸々と湧き上がってきた。

「それは——っ、貴公が好きだからに決まっているだろう！」

執務室が一瞬、水を打ったようにしんとする。

ルシアンが呆気(あっけ)に取られたように、碧い目を数回瞬かせた。

「……は？」

「貴公が好きだ、と言ったのだ。今まで口にした事はなかったが——」

激情に任せて言ってしまってから、ローグ卿自身も驚いていた。ルシアンへの感情を、今までそういう直接的な言葉で考えてみた事がなかったのだ。

だが、思い返してみれば、対ガレス同盟の条件の一つとして初めてルシアンを抱いたあの時から、ずっと自分は同じ想いを抱き続けてきたのではなかったか。

いや、初めは単なる肉欲だったかもしれない。

が、自分と同じくその若い背に多くを背負い、自分との関係を含め、様々なものを耐え忍んでいたルシアンを愛(いと)しく大切に思うようになるのに、大して時間はかからなかった。

そして、その想いは年月と共に大きく育っていき——、だから政権奪回の祝いの夜、ルシアンに拒絶されたと思った時、あれほど頭にきてしまったのだ。

「そうだ、一度(ひとたび)言ってしまえば確信できる。俺は貴公が好きだ。だから、貴公に馴れ馴れしく触れるあの男にも嫉妬する！」

きっぱり言い切ると、ルシアンがどこか怯んだように言い淀(よど)む。

「馴れ馴れしいと言われましても……。あの人には、あれが普通で――」

「そうかもな」

確かに、あの男は面白がっているだけで、この旧知の二人の間には、自分が思うほどの深い繋がりなど、ないのかもしれない。

「だが、俺はあの男ほど懐の広い男ではないのでな。貴公に関する限り、取るに足りんような細かい事までがいちいち気にかかる。そして、その心が今、何を感じているのかも――」

刹那、ルシアンの目がキッと吊り上がった。だが、その碧い瞳は動揺に揺らめき、どう言葉にすればいいのか戸惑うように口ごもる。

「そ――っ、そうまで、おっしゃるのなら、なぜ……昨夜あのような……っ」

攻めるなら、相手がうろたえている今をおいて他にない。

ローグ卿は大股でルシアンに近づいて、執務机の上にどんと両手を突いた。

「だから、それは貴公が好きでつい頭に血が上って、貴公にももっと俺を――っ」

「なぁなぁ、ルシアン。オレさぁ――」

突然、暢気な声がして、サスキア王がノックもなしに、ドアからひょっこりと顔をのぞかせた。

間が悪い。悪すぎる。

どうしていつも大事な場面で邪魔が入るのだ――！

ローグ卿は密かに拳を握り、苦々しく思った。

「あれ？　ローグ卿――も、いたのか？」

何も知らぬサスキアが、不思議そうに室内の二人を交互に見やる。

「もしかして、何か大事な密談中、だったか？」

この王は、ローグ卿とルシアンが対ガレス同盟の強化目的で肉体的な裏取引をしていたと知って以来、二人が執務室などで話し込んでいるのを見ると、つい、何かしら策を弄（ろう）しているように思ってしまうらしい。二人が一国の宰相と一教団の実力者という関係だけではない事を、一番よく知っているくせにだ。

恐らく、自分をガレスの魔の手から救い出し、苦労して育て導いてくれた愛しいルシアンをローグ卿に盗（と）られたのが、よほどショックだったのだろう。二人が深い関係にあるという事実から、どうも極力目を逸らしていたいようだ。

突然の訪問者にローグ卿もルシアンもつい言葉を失っていたが、最初に冷静さを取り戻したのは、当然の事ながらルシアンだった。

「サスキア様、ローグ卿が自治区の件でお話があるそうです。私は少し出張らねばならぬ所があるので、後をお願いできますか？」

「あ？　いいけど――」

王の返答を最後まで聞くでもなく、後ろを振り返るでもなく、ルシアンはそそくさと執務室を出て行った。氷の宰相と言えども、やはりどこか冷静にはなりきれていないのだ。

その事実に、ローグ卿もいくらか男のプライドを救われはしたのだが……。

要するに、ルシアンは逃げたのだ。

ローグ卿の決死の告白から——。

「どうしたんだ、あいつ？　どんなに忙しくっても、オレの話も聞いてくれないなんて、今まで一回もなかったのに……。あんた、ルシアンに何かしたのか？」

邪推するでもなく、若い王はむしろ純粋に不思議がっていた。

その王に、大人気ない八つ当たりとは知りつつ、ローグ卿はつい語気荒く吐き捨てた。

「王よ、とてつもなく意固地な宰相をお持ちだな！」

5.

その晩、ルシアンは自室で一人、ワイングラスを傾けていた。

酒は昔から強い方で、幼いサスキアを擁して氷原にいた頃は、様々な重圧や不安から逃れるのによく一人で飲んだものだったが、ガレスを倒して政権を奪回し、新しい国造りに踏み出した現在、祝賀や晩餐(ばんさん)の席でや、ローグ卿と二人で飲んだりはしても、一人で飲む事はほとんどなくなっていた。

だが、今夜は少々事情が違う。

ルシアンは久しぶりに、酒ですべてを忘れたい気持ちだった。

キャンドルの明かりにかざして、ゆっくりグラスを回してみる。

赤い液体がグラスの中でゆらゆらと揺れて、まるで今の自分の心のようだ……。

今朝まではあんなにローグ卿に腹を立てていたのに、いや、今だとて怒りが完全に収まったわけではないが、嬉しいような恥ずかしいような、そんな思いにルシアンは戸惑っていた。

取り敢えず、ローグ卿が心から昨夜の所業を悔いているのはわかった。きっと罪の意識に苛まれて眠れなかったのだろうとは、あのひどく充血していた目からもわかる。

それに、ルシアンが公私のけじめをきっちりつけたがるのを誰よりも知っているから、執務室で待ち伏せなどしてプライベートな話をするというのは、よほどの事だったのだ。

よほどの事——。

つまり、私を好きだという事………？

ルシアンはグラスに唇をつけ、くいと一口、ワインをあおった。体温よりは冷たい液体が、喉をほんわり温めながらすべり降りていって、落ち着かない今夜の胃の腑を熱くする。

ローグ卿は今朝、ルシアンが好きだとはっきり言った。自分でもその想いを確かめるように、何度も何度も——。

彼とのつき合いも既に二年を越すが、そんな事を言われたのは初めてだった。

かつて、自分がローグ卿危機の知らせを受け、後先考えず救援に駆けつけた一件を指し、嬉しいとか、男冥利に尽きるとか、そういう台詞は言われた事があったが——。

正直言って、ルシアンはローグ卿が自分に対してどのような感情を抱いているか、気にした事も考えた事もなかった。その必要性を感じなかったからだ。

ローグ卿は、ともすれば責務や規則に囚われがちなルシアンに、抱き合う理由など何でもいい、素直に溺れればそれでいいのだと、そう教えてくれた。

同盟の目的が達せられた後も、自由な意思でもってこの身を抱きたいと言ってくれた。そうしてそれは、二ヶ月たった今でも続いている。

ルシアンには、それで十分だった。相手が誰であろうと、その感情をいちいち吟味するのは得意ではないのだ。

それでは、いけなかったのだろうか……？

ルシアンは今まで、好きとか嫌いとかの感情レベルで人と接してこなかった。

サスキアやラルファスなどの『身内』は例外だが、自分を取り巻く人間関係を常に事務的に捉え、メリットとデメリットを計算してつき合いの程度を決めてきたのだ。

ローグ卿との始まりもそうだった。

ガレスに対抗するのに必要な勢力だと思ったから、ローグ卿率いる光の騎士団に同盟を持ちかけた。同盟条件の一つと言われたから、身体の関係を持ちもした。

確かに、その時から考えれば、二人の関係はずいぶんと良い方に変わってきたが、と言って、現在の関係にまったく損得勘定がないとは、どうして言い切れよう。

ローグ卿の爆弾発言に、とにかくルシアンは戸惑っていた。

あの男は、ルシアンにいったい何を望んでいるのだろう？

同じようにローグ卿が好きかどうか、答えて欲しいのだろうか……？

そう言えば、かつてサスキアにも、あの男が好きなのかと訊かれた事があった。

その時は確か、守りたい約束はあるが、はっきり言ってわからないと答えたのだ。

だが、今は、今は——。

今は、どうなのだろう？

ローグ卿とは、もうふた月ほども定期的に肌を合わせ、親密な時を共にすごしている。

当然、彼の事は嫌いではなかったし、男としても認め、尊敬し、政治的な協力者としてだけでなく大切に思っていた。

何より、彼の側にいるのは、ずいぶんと心地よかったのだ。

自分と同じような立場のローグ卿といると、必要以上に肩肘を張らずにすんだし、時として重く感じてしまう責務も、さほど気にせずにすんだ。

だからかどうかは知らないが、らしくもなく、四の日の夜が来るのが待ち遠しく、浮かれたりする事も一度や二度ではなかった。

そういう気持ちを、世間では『好き』と呼ぶのだろうか？

サスキアに対する忠誠や慈愛の気持ちとは違う。

ラルフに対する敬愛とも違う。

だから、たぶん、そうなのかもしれない。

ただ――――。

残りのワインを思い切って一気にあおり、たん、とグラスをテーブルに置く。今から考えようとしている事は、頭に思い浮かべるだけでも辛い事なのだ。

ルシアンは、身体の奥底に潜む淫らな自分――ガレスの投薬によって引き出されてしまった忌むべき性が、吐き気がするほど嫌だったのである。

八年もの長い間、上手く抑えて隠してきたのに……。

箍が外れ、快楽に善がり狂った昨夜の自分を思うと、情けなさに胸が潰れそうだった。今まで苦労して築き上げてきた自分が中から崩壊していきそうで、とてつもなく恐ろしかった。

それでも、昨夜の過ぎた快感を思うだけで、ツキン、と嬲られた乳首が疼くのだ。

ああ、浅ましい……！

もしや、『好き』というのは二人の関係を正当化するための思い込みで、自分のローグ卿に対する感情は、肉欲だけなのではなかろうか？

肌を通して理解し合えるものがある――などというのは詭弁にすぎず、実際は肉欲の手近な捌け口が欲しかっただけなのでは――？

ああ。もう、よくわからない………。

第一、私は、嫌だと言うのに無理を通され、見られたくなかった姿を晒されて、怒っていたのではなかったか。

そんな相手の事で、なぜ心を、頭を、掻き乱され悩まされなくてはならないのだ?

やらねばならぬ事は、山積みだと言うのに――。

考えれば考えるだけ混乱し、怒りと自己嫌悪を繰り返すのに苛ついて、ルシアンは翌日からローグ卿を避け始めた。

幸いな事に、宰相と騎士長が関わるレベルの案件はしばらくない。

ローグ卿の方も、ルシアンに落ち着く時間と考える余裕をくれるつもりなのか、それともただ単に教団の運営に忙しいだけなのか、物理的に距離を空けてくれているようだった。

そうしているうちに、再び週の四の夜が巡って来た。

今回は、ルシアンがローグ卿を迎える番だ。

しかし、ルシアンはまだ気持ちの整理がついていなかった。

同じように自分もローグ卿を『好き』かどうか、その答えはやはり出ていなかったし、たとえ『好き』だとしても、それが精神的になのか肉体的になのかの判断がつかない。

それに、ローグ卿が何をルシアンに望んでいるのかも、さっぱりわからないのだ。

彼の訪れを待って訊いてみればすむ事なのだろうが、淫蕩(いんとう)な姿を晒してしまったショックも抜けていないし、自分の意思を無視してそこまで追い込んだローグ卿に対しても、恨みに思う気持ちがまだどこかで燻(くすぶ)っている。

結局、ローグ卿とどう接していいかわからず、惑いうろたえた挙げ句、ルシアンは約束の時間直前になって、逃げるように自室を出た。

*

部屋を出たルシアンは、一瞬迷った後、左の塔の最上階、サスキア王の居室に向かった。

つい数時間前まで国政について語り合っていたと言うのに、あの屈託のない笑顔が、また急に見たくなったのだ。

ルシアンにとってサスキアの笑顔は、どんな時も、どこにいても、何ものにも勝る元気の源だった。いつぞや本人にも言った事があるが、あの笑顔があったからこそ、氷原での厳しい潜伏生活に耐え、政権の奪回も成し遂げられたのだと、心からそう思う。

ところで、サスキアにその激しい思慕をぶつけられ、畏れ多くも拒絶する形になってしまったのは、二ヶ月前の事だった。

当然二人の間に生じるであろう気まずさをルシアンは覚悟したのだが、その翌日、あの激情はいったい何だったのかと思うほど、サスキアはまったく普段通りに振る舞った。

直情的なサスキアの事、だいぶ無理をしているのであろうとは容易に想像がついたが、ルシアンもそのいじらしい努力につき合って、申し訳なさでいっぱいの心を抑え、平静に努めたのだった。

いずれにしても、十三年もの間、寝食および苦楽を共にしてきた間柄。サスキアとルシアンの間の、蟠りとも呼べぬ不自然さが消えてなくなるのに、大して時間はかからなかった。

しかしあれ以来、サスキアがルシアンに対して、子犬がじゃれつくように甘えてくる事はなくなった。サスキアももう十八。大人になったのだと言えばそれまでだが、やはり、あの時無理にルシアンを押し倒してしまった事を意識しているのだろうか。

それに、以前は嫉妬からか、事ある毎にあれほどローグ卿に突っかかっていたのに、近頃ではせいぜい小さな対抗意識を見せる程度で、時には自分の方から話しかけていったりもしている。

何だかサスキアと少し距離が空いてしまったようで、ルシアンはどこか寂しい気がしたが、それはきっと、若い主君の想いを受け入れられなかった事への代償なのだろうと諦めていた。

そう言えば、こうしてサスキアを居室に訪ねるのも久しぶりだった。

気まずさなどではない。ここのところ、王都に新たに建設する事になった国営住宅の件でお互いに忙しく、自室には風呂と睡眠のためだけに帰っていたようなものだったのだ。

「サスキア様、少しよろしいでしょうか？」

ルシアンはいつものようにドアの外から声をかけた。

が、中からの返答はなく、何やらごそごそと動き回っている音だけがする。

そこで少し強めにノックして、もう一度名を呼ぶと、ガチャリとドアが開き、サスキアがいささか息を切らして顔をのぞかせた。今日もハードな一日だったのに、深緑の瞳はまだまだ元気だ。

「あれっ？　なんだ、ルシアンか」

その言い回しに、ルシアンはどこか違和感を感じた。サスキアが自室に入れるのは、確か、氷原時代に居住空間を共にしていた自分だけのはずなのだ。

「どなたかをお待ちでしたか？」

「えっ？　いやぁ……」

心持ち目を細めてルシアンが問うと、サスキアは悪戯（いたずら）を見つかった子どもの頃のように一瞬目を泳がせ、そして急に思い出したように言った。

「って、おまえ、今日は四の日の夜だぜ？　あいつと一緒じゃないのか？」

「いえ、今夜は……」

今度はルシアンが言い淀む番だった。

まさか、その『あいつ』から逃げ出してきたとは言えない。

それに、やはりサスキアは二人の逢瀬に気づいていたのだと思うと、ひどく気恥ずかしかった。

だが、サスキアはそれ以上追及せず、『まぁ入れよ』と言って、ルシアンを部屋に招き入れた。

「それはそうと、先ほどから何をやっておいでなのです？　室内をごそごそと――」

「ああ、ちょっと部屋を片づけてたんだよ」

「片づけ？　サスキア様がご自分から――？」

ルシアンは呆気にとられて、若い主君の深緑の目をじっと見た。

サスキアはこの部屋で一人で寝起きするようになってから、あれだけルシアンが苦労して教え込んだ整理整頓という言葉をきれいさっぱり忘れたかの如く、室内を散らかすようになったのだ。

それでルシアンも、週に二、三度、部屋の片づけを促すのだが、今週は政務が忙しかったのとローグ卿の事とで、すっかり忘れてしまっていた。

「オ、オレだって、たまには片づけたりするんだよ。おまえに言われなくたって」

バツが悪げに言いながら、サスキア王はベッドに投げ出したままの読みかけの本や、床に点々と散らばっている服とか日常品などを、ひょいひょいっと拾って回る。

人の上に立つ者は、人目につかぬ所でもきちんとすべし——。サスキアにはそう繰り返し言い聞かせてきたが、ようやく理解してくれたのかと、ルシアンは嬉しくなった。

「やはり、やればできる方なのですね、あなた様は——」

「ったりめーだ。誰が育てたと思ってんだよ」

「ふふっ、違いない」

こんな他愛のないやりとりが何よりも嬉しい。己のすべてをかけ守り育ててきた若い主君を前に、憂鬱(ゆううつ)だったルシアンの心が軽くなっていく。

と、サスキアが片づけを続けながら、それはそれはさりげなく切り出した。

「あいつとまだ喧嘩(けんか)してんのか?」

「は――？」

「一週間ほど前、執務室で――あれ、言い争ってたんだろ？　まだあいつの事、怒ってんのか？」

「え……、サスキア様、それは……」

そう言えば、あの無体をされた翌日、ローグ卿に執務室で待ち伏せされ言い争って、勢いで告白されたところへ突然サスキアが入って来たのだ。

あまりにも間もバツも悪く、ルシアンは慌てて執務室を飛び出したのだが、まさかあの後、ローグ卿がサスキアに何か言ったのだろうか？

「それは、あの……ローグ卿が、何か――？」

「言うわきゃないだろ。うまくやってるってんならまだしも、おまえを怒らしちまった、なぁんて、カッコ悪ぃのにさ。ま、あいつもだいぶ怒って――いや、ヤキモキして、オレに八つ当たってたぜ」

なんと、事もあろうに、サスキア王に怒りの矛先を向けたとは――！

萎(しぼ)んできていたローグ卿への怒りが、ルシアンの中で一瞬、膨れ上がった。

だが、そんな事態を招いた原因は、間違いなく自分にもある。

「そ……れは、申し訳――」

「なんだよ、おまえが謝る事ないだろー。ま、オレによけいなとばっちり行かせちまって、とか思ってんだろうけど。いいんだよ、別に。あいつの苛ついた顔見るの、ちょっと小気味よかったし」

拾い集めた服をまとめて棚に押し込みながら、サスキアが愉快そうに言った。

「ですが……、ああ、服はきちんとたたんで――」

「けど、おまえがあんなにカッカしてるの、オレ初めて見たぜ」

小言をあっさり無視し、今度は散らばった建築の書に手を伸ばす。そのサスキアの手を掴み、ルシアンは棚からくしゃくしゃに丸められた服を取り出して渡した。

「そんな事はないでしょう。『おまえの怒った顔は嫌いだ』とか、よく言われましたけど？」

「あー、そうだっけな？　けど、おまえの怒りってさ、何かこう、背筋がぞぉっとするって言うか、本っ当に悪かったって心の底から思っちまうような、ブリザード級の冷たいヤツなんだよ」

手渡された服を素直にたたみ直す合間に、サスキアが力説した。ルシアンはたたみ終わった服を棚に戻しつつ、少々意外な気持ちで呟く。

「それは……知りませんでした」

「おまえって、意外に自分の事知らないよなー。もしかして、あいつの事好きかどうかわからない、とか、まだ思ってんのか？」

「え……」

『図星かよ』と言って、サスキアはガリガリッと頭を掻いた。

「いや、だからさ、冷たい怒りしか見せなかったおまえがあんなに熱くなって怒るって事は、それだけあいつが好きだって事じゃないのか？　少なくとも、オレはそう思ったぜ。て言うか、あいつに関わる事全部、おまえがちっともおまえらしくないんだから、結局はそういう事だろ？」

今度こそ読みかけの本を集めつつ、サスキアがどこか大人びた口調で言った。

これが、少し前まで感情を隠す事も知らぬ駄々っ子だった、あのサスキアだろうか？

「……悪く、おっしゃらないんですね」

「あ？　ローグ卿の事か？　まぁな。でも、オレのルシアンを怒らせやがって、とは思ってるぜ？　けど、やっぱオレが口出す事でもないいんだろなって思うしさ。だいたい、ここでオレが『あのヤロー、ぶっ飛ばしてやる！』っても、おまえ、困るだろ？」

「ええ、それはまぁ……」

「オレ、おまえが困るような事はもうしないって、決めたんだ。よっし、終わった！」

その『困るような事』の中には、ふた月前のルシアンへの大告白も含まれているのだろう。ぱんぱんっと手の埃を払っている若い主君がひどくいじらしく、また申し訳なくも思えてきて、ルシアンは何やら目の奥と胸が熱くなってきた。

「いつの間に……そんな大人になられたのでしょうね」

「よせよぉ。なんかジジイみたいだぞ、ルシアン。で、おまえの用事って何？」

「それは――」

「王様ー、来たよぉ！」

ルシアンが答えに窮したところへ、小柄な人物がノックもなしに、賑やかに飛び込んできた。

「えっ？　教主ヴィーダ？」

ルシアンは驚いた。見れば、世界に名だたる『光の教え』の教主が供も連れず、フードを外してやわらかな銀髪を晒し、チェリーレッドの瞳をぱちぱちさせている。

「あれ？　ラロック宰相殿、今日は四の日だよ。ヴァンと一緒に夜をすごすんじゃないの？」

「え……あの、今夜は……」

教主ヴィーダにまで同じ事――いや、もっと突っ込んだ事を訊かれ、ルシアンはどうにも居たたまれなくなってしまった。できれば、すぐにでもこの場から消え去りたい。

だが、よくよく考えてみれば、主君とは言え、サスキアはルシアンの、教主ヴィーダはローグ卿のそれぞれ庇護者であり、歳もおよそ十ほども下なのだ。

そんな子どもに大人の事情をつつかれるのも、何だか面白くなかった。

「教主ヴィーダ、まさか、お一人でいらしたのですか？　ローグ卿に知れたら――」

と、お説教をしかけて、ルシアンははっと気がついた。

どうりで言われずとも部屋を片づけたりするはずだ。いくら大雑把なサスキアでも、『光の教え』の熱心な信者としては、あんなぐちゃぐちゃの所へ尊い教主様をお迎えなどできはしない。

ちろりと流し見ると、サスキアがえらく真剣に言うではないか。

「大丈夫だよ。帰りは、オレがちゃんと教主様をお送りするから」

「当然です。お身体の弱い教主様にもしもの事があれば、国際問題に――」

「やだなぁ、宰相殿。ボクは王様とお話しに来ただけだよ。もしもの事なんてあるはずないよ。それに、ここんとこずーっと体調がいいんだ。でも、ヴァンには内緒にしといてね」

「そう、ですか？　まぁ、お話だけなら……」

この二人、いつの間に居室を訪ねるほど親しくなっていたのだろう？

確かに、サスキアが十八、ヴィーダが十七と歳も近いし、お互い若くして組織の頂点に立つ者同士、きっと話も合うのだろうが――。

サスキアに年相応の友人ができた事を嬉しく思いながらも、サスキアが自分以外の誰かを部屋へ入れるようになったという事実が、ルシアンの心に寂しい影を落としていた。

「でもさ、四の日は口煩いのがいなくて、せっかく羽が伸ばせるって思ってたのに、宰相殿が待ち構えているなんて。ボク、飛んで火に入っちゃった虫の気分」

「教主様、ルシアンは待ち構えてたんじゃない。用事でちょっと寄っただけだ。な、ルシアン？」

ここはもう、自分の訪れていい場所ではなくなったのかもしれない……。

ルシアンは、次第に気が滅入ってきた。この若くて純粋な二人の前では、よけいに自分がいやらしく思えてしまう。

「その通りですよ、ヴィーダ教主。それに用はもう済みましたから、私はこれで失礼いたします」

「じゃあ宰相殿、ヴァンをちゃんと捕まえといてね。ボクの事、探しに来られても迷惑だから」

それは約束しかねます――と心の中で思いつつ、ルシアンはにこりと若い二人に笑いかけ、サスキアの自室を後にした。

「さて、残りの夜を、どこですごそうか……？」

　左の塔の長い階段を一人下りながら、やはりローグ卿に会う気にはなれず、ルシアンはひどく寂しく薄闇に訊ねた。

6.

「おれたち、タイプが違う割に、馬がすっげぇ合うみたいでよ。面倒な手続きも、阿吽の呼吸ですんじまうんだ。なっ、ロヴァル副長？」

「はい。ローランド卿の迅速かつ的確な対処のお陰で、石材木材鉄材をはじめ、装飾用の大理石までが既に手配済みです」

　大聖堂建立のための資材調達は、実に順調に進んでいるようだ。それについては、ローグ卿もその都度報告を受けていたため、わざわざ出かけて来てまで聞くほどの事ではなかった。

　ところが、教主ヴィーダが今朝になって、太古の例に倣い、礼拝所にステンドグラスを入れたいと言いだし、ついては関係者の了解を取りたいという事で、王の間でのこの緊急会議となったのだ。

　と言っても、それほど急を要さぬ案件で、なにも王や宰相クラスまで呼び出さずとも、それこそ書面なり、ロヴァル副長への依頼なりですむ事だったのだが、年若い教主は言い出したら頑として聞かないところがある。

それに、今朝はどうやってルシアンを捕まえ、昨夜のすっぽかしの理由を訊こうかと、じりじり画策していたローグ卿にとっても、この緊急会議は実に都合のいい機会だった。

「では、ステンドグラスの手配は、どなたにお願いすればよろしいのでしょう？」

「教主様、それはオレの方で、腕のいい職人を探しておくよ」

猫を被った教主ヴィーダに、サスキア王が自信たっぷりに請け負った。

そして、教主の『それでは、よしなに』で会議はあっさりと終わる。

ローグ卿はこの時を待っていた。さりげなくルシアンに近づいて、努めて平静に声をかける。

「ラロック宰相、我々が現在住まわせていただいている居住区の事で、少々お時間を取っていただきたいのだが」

ところが、ルシアンはちらりと戸惑うようにこちらを見たものの、

「急用がございますので、それについては、またいずれ――」

と、逃げるように、王の間を出て行ってしまった。

いったい、俺にどうしろと言うのだ――！

ローグ卿は途方に暮れて、ルシアンの背を見つめた。

昨夜は週に一度の逢瀬の夜だったのに、待てども待てども、ルシアンは自室に帰って来なかったのだ。もしや、やり残した業務でもあったかと執務室にも行ってみたが、そこにもいなかった。

いったいルシアンは、昨夜をどこですごしたのだろうか。

お互い都合が悪い時はメモで知らせる事にしているが、そんな知らせを受け取った覚えはないし、会いたくないなら会いたくないで、適当な理由をつけて断ってくれればよかったのだ。

百歩譲って、昨夜の逢瀬をすっぽかされても仕方ないとしよう。あの冷静な男が拳を振り上げてまで怒ったのだから、それなりの事をしてしまった自覚はある。

だが、あれから一週間。そろそろ怒りを収めてくれてもよさそうなものではないか。

意図せぬ告白ではあったが、あれを聞いて、少しはあの夜のいきすぎた振る舞いを理解してくれるのではと期待していた自分が、甘かったのだろうか？

結局、想いは受け入れてもらえなかったのか？

あの男をあそこまで頑（かたくな）にさせる、いったいどんな地雷を自分は踏んだと言うのだ――？

「ヴァン？　あの――」

はっとして声の方を振り向くと、教主ヴィーダが不安げに見上げていた。

いけない。ヴィーダに落ち込んだ顔など見せられない。従兄（いとこ）であり保護者でもある自分の顔色に、すぐ左右されてしまうまだ子どもなのだから。

ローグ卿はすぐさま平静を装った。感情を隠すのは、何もルシアンだけの特技ではないのだ。

「ああ、待たせたな。寝所へ戻ろう」

「えっと、そうじゃなくてぇ、王様がぁ――」

教主が指さす方を見れば、サスキア王がこっちこっちとローグ卿を手招いている。

元恋敵の自分にいったい何の用かと訝りつつ側へ行くと、王が何やら教主と目配せして囁いた。

「えーと、そのぅ、教主様の事でちょっと——」

*

ローグ卿は教主ヴィーダをロヴァル副長に託すと、サスキアに促されて王の書斎へと入った。

この書斎は王の間の奥にあり、ここで王は政務を執る事になっているのだが、行動派のサスキアはほとんどここを利用せず、いつも外を飛び回っている。ローグ卿もここに来たのは初めてだった。

「それで？　教主が何か——？」

ドアが閉まるや、ローグ卿はすぐさま問うた。年齢より幼い所のあるヴィーダの事は常に気にかかっているし、ルシアンの事で苛ついているので、いつにも増して言葉遣いがぞんざいになる。

だが、サスキアはさほど気にした風でもなく、むしろどこか落ち着かない様子だ。

「えーっと、あ、教主様な。そう、教主様、近頃とっても元気だなーって思ってさ」

「それは王が常に気を配ってくださるお陰と、我ら一同、心より感謝しているが——」

「いやいやー、オレも教主様のお役に立てて嬉しいんだけどさ。えーっと……」

どうも妙な感じだ——。

ローグ卿は怪しんだ。ヴィーダの事だと言うから何事かと心配して来たのに、サスキアの話は何だか要領を得ない。

「サスキア王、何がおっしゃりたい？　王と世間話をするほど、俺も暇ではないのだが」

ローグ卿が踵(きびす)を返しかけると、サスキアが慌てて騎士のマントを摑んだ。

「ちょっ――、わかってる、わかってるよ。本当はルシアンの事なんだ。喧嘩してるんだろ？」

それを聞いた瞬間、騎士長の精悍な顔がさっと強張る。

「ほら、な？　んな顔すると思ったんだよー。それに『よけいなお世話だ！』とか言って、ここまで来ないんじゃないかって思ったし」

ローグ卿は思わず、大きなため息をついた。

「そうか。周りには気取られんつもりでいたが、そんなにあからさまだったか……」

そして、はっと気づく。今朝からのヴィーダのおかしな行動の意味に――。

「もしや、この呼び出し、ヴィーダも一枚嚙んでいるのか？　まさか、先ほどの会議も――」

サスキアが『へへ、まぁな』と、悪戯がばれた少年のように笑った。

「まったく、些細な事で会議を開けなどと、駄々をこねると思ったら……」

「教主様はただ、二人が仲直りするきっかけを作りたかっただけなんだよ。そうでもしなきゃ、ほら、ルシアンがずっとあんたを避けてるだろ。昨夜もそうだったんじゃないのか？」

子どもに心配されるとは情けない。そんな自分に苛立ちながらも、ローグ卿は仕方なく頷いた。

「はっ、ご推察の通りだ。それで――？　サスキア王には、待ちぼうけを食らわされて落ち込んでいることの顔を、笑ってやろうとでも思われたか？」

ローグ卿は、自嘲も込めて皮肉った。

若い王がむっとして言い返す。

「オレ、そこまでヒネてないから。けど、栄光ある光の騎士長様に待ちぼうけ食らわすなんて、あいつもいい根性してるなとか、意固地もハンパないなとかは思うけどな」

「王でもそう思われるか？」

「ああ、思う。いつもの聡明で冷静なルシアンらしくない。あいつ、よっぽど頭にきてるんだ」

サスキアが仕返しとばかり、ローグ卿を追い詰めるような事を言った。

「だから、喧嘩を仲裁してくれるとでも――？　ありがたいが、子どもの出る幕ではない」

「悪かったな、子どもで。けど、あんだけ人を騒がせてくっついといて、大人なあんたたちは何やってんだよ？　あいつがあんなに怒るなんて、どうせあんたがあいつの嫌がることしたんだろ？」

それを言われると一言も返せない。再びため息をついて、ローグ卿は肩を落とした。

騎士に似合わぬその弱々しい姿に絆されたか、サスキアがどこか慰めるような口調で訊いた。

「で――？　何やったんだよ？　その、言える事なら言ってみろよ」

「子どもに聞かせるような話ではない。が……、その、少しばかり無理をさせたと言うか……」

「む、無理っ？」

何を想像したか、サスキアが赤くなって、うろたえたように一歩引く。

「あー、あんま、詳しくは聞かない方がよさそう」

「そうだな。だが、いったいどうした風の吹き回しだ？　今までの王なら、このまま俺たちが喧嘩別れでもした方が嬉しかったのではないのか。俺を嫌いなのだろう？」

「い、今はそれほどでもないよ。しょうがないだろ。ルシアンの好きな奴なんだからさ」

「好き？　それは、どうなのだろうな……？」

好きなら、同じ想いでいる自分に、ここまで辛く当たらなくてもよさそうなものだ。サスキアの態度の軟化を幾分嬉しく思いつつも、ローグ卿は自嘲気味に笑った。

すると、今度はサスキアが、はああっと大きなため息をつく。

「なんだよ、あんたまでそんな事言ってんのか。好きに決まってるだろ。でなきゃ、なんであいつがあんな馬鹿な事するんだよ？　オレ泣かしてまであんたと一緒にいたいなんて言うんだよ？」

どうやら、二ヶ月前のルシアンのローグ卿救出劇は、サスキアの中でもラルファスと同じく『馬鹿な事』として認識されているようだ。何だか面白くない。

「十八にもなって、泣いたのか？」

「ちっ、マジで泣くわきゃないだろ。言葉のアヤだ、アヤ！　だいたい、この二ヶ月側にいて、ルシアンの気持ちもわかんないのかよ？」

「……俺が嫌——では、ないと思う」

ローグ卿が煮え切らない口調で言うと、サスキアがひどく呆（あき）れて両手を広げ、天を仰いだ。

「あんたさぁ、大事な事忘れてないか？　ルシアンが自分の事はいっつも後回し、下手したら諦めちまうようなヤツだって知ってるだろ？　そんなヤツが、何があっても、四の日の夜だけはあんたのために時間割いてんだぞ？　それが『嫌』じゃない程度の男のためにする事かよ！　あー、なんか自分で言ってて腹立ってきた。オレのルシアンだったのにっ」

確かに、ルシアンは今まで一度も、都合が悪くて会えないなどと言った事はなかった。

「しかし、それならもう少し、自分から打ち解けてくれてもよさそうなものだ。色々と……」

まったく、子ども相手に何を弱気な事を言っているのだろう。これで一騎当千の強者たちを束ねていると言うのだから、笑えてしまう。

自嘲に満ちていくローグ卿の耳に、意外な答えが飛び込んできた。

「えっ？　オレは十分打ち解けてると思うぜ。あんたが側にいる時のあいつ、すっごくやわらかい感じ。ピリピリしてなくって、肩の力がすうっと抜けててさ」

「あれでか？　四の日の夜以外は、たとえ二人きりでいても、ちょっとした誘いの言葉も、その肩に手を置く事すら許してもらえぬのに？」

「あれでもだよ。まぁ、『子ども』のオレが言うのもなんだけど、ルシアンは昔っから、そういう、あー、性的な事？　そういうのに潔癖、って言うか、すっごい……嫌って……て――」

「潔癖？　その割には、身体を同盟の条件に出したら、驚くほど素直に脱いで――」

しまった――！

ローグ卿は慌てて口に手を当てた。ローグ卿が同盟の裏取引でルシアンと身体の関係を持っていた事に、この年若い王はひどく腹を立てていたのだ。

また不機嫌になるかと思いきや、サスキア王はローグ卿の失言を聞いていなかったようで、何やら考え込んでぶつぶつ言っている。

「そうだよ。あいつ、いつもその手の話になると……」

「サスキア王？　何の話だ？」

ローグ卿が声をかけると、サスキアははっと現実に返ったように、深緑の瞳を瞬いた。

「あ――。ほら、オレたち、長い間潜伏生活してたろ？　生活条件厳しかったし、ほとんど男ばっかだったし、憂さ晴らしですぐ、その、エロい話とかになるんだよ」

「自然の成り行きだな。男が集まれば、当然その手の話になる。俺はあまり話す方ではないが」

「あまり？　って事は、ちょっとは話すのか？　まさか、騎士仲間にルシアンの事とか――」

「まさか！　あの男の名誉のためにも、そんな事はしない。話したのは、サスキア王だけだ」

そうして、この若い王も、ルシアンも傷つけてしまった。同じ間違いは繰り返さない。

「そっか。ならいいけど……」

「それで？」

ローグ卿に促され、サスキアが訥々（とつとつ）と話を続ける。

「うん。そういう話になった時にさ、あいつ――まぁ、子どものオレに聞かせたくないってのもあったんだろうけど、氷原の氷みたく蒼くなって、すぐにオレを連れてその場を離れるんだよ。指の先まで冷たくして、小さく震わせて……。他のヤツ等は気づいてなかったと思う。でも、オレは寝る時も一緒だったから。ルシアン、時々うなされてたし、人に触られんのも嫌みたいな時もあったし——」

「……それはいつ頃の話だ？」

まさか、自分と身体の裏取引をしていた頃ではあるまいか。ルシアンは否定したが、ローグ卿はあの裏取引が、ずっとルシアンの心の負担になっていたのではと気にしていたのだ。

「オレも最初、氷原に慣れるのに大変だったから、気づいたのは一年くらいしてからだったと思う。ここ数年は、そんな事もなかったんだけど……」

『そうか』と言って、ローグ卿は知らず詰めていた息を吐く。

すると、いつも明るさを振りまいているような少年王が悲しそうな顔で俯き、少し迷ってから、意を決したようにローグ卿を見上げた。

「ここんとこ色んな事がうまくいってて、ルシアンも忙しくても、あんたの事も含めて嬉しそうだったからつい忘れてたけど、オレ、ずっと気になってた事があるんだ……」

ローグ卿が目で先を促すと、サスキアは辛そうに視線を落として言った。

「ルシアン、もしかしたら、ガレスの奴に何かされたのかも……。クーデターの夜に……」

「何かって——何だ？」

相手が人を人とも思わぬ悪党だけに、ローグ卿の鳩尾の辺りが厭な感じに引き攣れる。

「わからないよ。あの夜、オレはすぐルシアンと引き離されて閉じ込められちまったから……。でも後でルシアンに聞いたところだと、ガレスの実験室へ連れて行かれて、恐ろしい実験を見せられて、オレにガレスの言う事を聞くように言えって脅されたって。嫌だって断ったらそのまま捕まっちまって、でもすぐにラルフィが来て助けてくれたって……」

「まさか、その捕まっていた間に、ルシアンは……拷問、もしくは実験台にされたと――？」

「それも、たかがエロ話であんなに蒼くなって震えたり、うなされたりするような事を――？　でも、ルシアンはそんな事言わなかったし、まさか訊けないし……。もしかしたら、ラルフィなら何か知ってるかもしれないけど、なんか訊いちゃいけない気がして……」

ローグ卿は急に吐き気を覚えた。

騎士を長年やっていれば、あちこちで様々な拷問を目にもする。残虐非道でないものなどないが、意思に反した陵辱(りょうじょく)や、中には媚薬を使って快楽を与え続けるというのもある。尽きぬ欲望といつまでたっても終わらぬ悦び――過ぎたる快楽は、十分拷問たり得るのだ。

しかも、ガレスは狂気の人体実験を繰り返していた悪魔だ。

もし、ルシアンがそんな目に遭っていたとしたら――。

そして、ふと、重大なミスであったかもしれない事実に思い至って青くなる。

「そうか。そんな懸念もあったから、王はガレスの死を望んでいたのか。なんという事だ。もしや俺は、あの時ガレスを捕縛などせずに、殺しておくべきだったのか？」

「でも、生かして法で裁くっていうのが、ルシアンの望みだったし――」

「確かに、今更、地下牢へ行ってガレスを殺すわけにもいかん――」

二人はしばし目を見合わせて、どうにもならぬとばかりに逸らした。

「とにかく、さ、あいつの心ん中も、きっと色々大変なんだよ。元々、感情を表すのって苦手だし。だから意固地でも待ちぼうけ食らわせても、あんま悪く思わないでやってくれよ」

必死で訴える深緑の瞳を見返しながら、ローグ卿はルシアンの心中を思い、今更ながら激しく後悔していた。

もし、サスキア王の憶測が当たっているなら、自分は快楽を強いて、屈辱と苦痛に満ちたルシアンの過去を甦らせてしまった事になる。殴られたのも意固地もすっぽかしも、それゆえと思えばすんなり納得がいく。

そう言えば、ルシアンはあの夜、嫌がると言うよりは何か恐れているようだった。嫉妬に囚われ、それに気づいてやる余裕もなかったとは――。

「どうやら、俺は間違っていたようだ。少し事を急ぎすぎた。もう二ヶ月なのではない。まだ二ヶ月なのだ。あの男が、あの男なりに心を開いてくれてから――」

まだ、遅くはないだろうか？

怯えさせてしまったかもしれない、あの繊細な心を取り戻すのに――。

「そう思ってくれるんなら、なるべく早く仲直りしてくれよ」

ほっとしたのか、サスキア王の深緑の瞳に明るさが戻った。

＊

王の書斎を出ると、ローグ卿は先週と同じく、宰相執務室へと向かった。

だが今回は、ただ謝罪するためでなく、自分が根本的に間違っていた事を伝えるためにだ。

ドアをノックして、『どうぞ』という入室の許可を得てから中へ入る。

「ローグ……卿……」

先ほど拒絶した相手が現れるなど、思ってもいなかったのだろう。ルシアンは驚いてその碧眼を瞠ったが、出て行けとは言わなかった。

「お使いいただいている居住区については、またいずれと申し上げましたが……」

昨夜のすっぽかしを多少は悪いと思っているのか、あるいはそれを咎められると思っているのか、きまり悪げに書類に目を落とす。

ローグ卿はルシアンを怯えさせぬようゆっくりと執務机に近づき、それでも彼との距離を少し残しておいて、言った。

「ルシアン、先週の晩はつまらぬ嫉妬などで無理を通して、本当に悪かった。貴公が怒るのも無理はない。だが、二人で会っていても、口づけもベッドに誘うのもいつも俺からだし、貴公が俺たちの関係をどう考えているのかよくわからなくなって、つい焦ってしまったのだ」

口づけだのベッドだの、二人の関係を露骨に言葉にされ、ルシアンがひどく困惑して口ごもる。

「どう、考えているのかと言われても……困ります……。第一、おわかりでしょうが、ここは執務室です。そういう、プライベートな話は……」

「ああ、わかっている。だが、これだけは貴公にもわかって欲しい。俺は貴公が好きだ。今朝は会議だったゆえ帯刀してきてないが、俺の聖剣に誓ってもいい」

美しい碧が、はっとローグ卿を見上げた。が、すぐにうろたえたように目を逸らす。

騎士が自分の剣に誓うという事は、その命をかけると言っているようなもの。それだけ嘘はなく真剣だという事だ。

それが今のルシアンには重すぎるかもしれぬとは、ローグ卿は百も承知だった。

「だからと言って、俺の気持ちを押しつける気はない。それに応えてくれと迫るつもりもない。今まで通り、貴公が嫌でなければそれでいい。だから、次の四の日の夜に、また部屋を訪ねてもいいだろうか？　話をするだけで構わんのだ」

答えに窮しているのか、ルシアンがローグ卿から目を逸らしたまま書類を玩ぶ。

「ルシアン？」

ローグ卿が一歩近づいて返事を促すと、ルシアンがぎゅっと書類を握り締めた。

「わ、わかりました。わかりましたから。これ以上、執務の邪魔をされては迷惑ですし」

そのいかにもやけっぱちな言い方が、さすがにローグ卿の頭にもカチンとくる。

連絡もなしに約束をすっぽかしたのは誰だ？

俺は剣に誓うとまで言ったのに——！

「俺はそんなに邪魔で迷惑か？　貴公が業務の合間に、ほんの少し時間を割く価値もないほどに？」

ルシアンが、顔を背けて冷たく言った。

「ええ、迷惑です。やらねばならぬ事は山積みなのに、こんな事で業務を中断されるのは——」

「こんな事——」

ローグ卿はこの一連の努力がひどく空しく情けなく思え、遣る瀬なくなってきた。

自分が悪かったのはわかる。

わかるが……。

「そこまで辛く当たるのは、やはり俺が、貴公に嫌な事を思い出させてしまったからなのか？」

ローグ卿は、つい思い余って訊いてしまった。訊くべきではないと、頭の隅で警鐘が鳴ってはいたのだが——。

ルシアンが、背けていた顔をくるりと振り返らせた。碧い瞳が冷たく凍りついている。

「それは……どういう意味でしょうか？」

こうなったら、とことん訊いてみるしかない。

「ルシアン、貴公はクーデターの夜、ガレスに捕らえられ、拷問か実験かされたのではないのか？　そしてこの前の俺の無理強いが、その時の事を――」

ルシアンが手にしていた書類をバンッと机に叩きつけ、がたんと椅子を鳴らして立ち上がった。

「今更そんな昔の事を訊いてどうしようと言うのです？　貴殿が私の意思を無視した事に変わりはないでしょう！　第一、私がガレスに何をされたかなど、貴殿には一切関係のない話です！」

この逆上ぶりが、憶測を確信に変えた。それがローグ卿の怒りを燃え上がらせる。

「関係ないだと？　好きな相手の事なんだぞ。関係ないわけないだろう！　そうと知っていればあの悪党め、わざわざ苦労して捕らえたりせず、その場で息の根を止めてやったものを！」

「何を野蛮な事を言われるのです！　あの男の処分については、貴殿も同意されていたではありませんか。それに私は女性ではありませんから、そのように騎士道精神を振りかざしていただかなくても、自分の身は自分で守れます！　それとも、私の剣の腕など、子ども騙しでしかないとでも――？」

「ああ、確かに女ではないな。女ならば、ここまで理詰めで可愛げのない事をほざいたりはせん！　それに、自分で守ると言っても、貴公が守っているのは己の頑さではないか！」

柳眉がきりきりっと吊り上がった。

しまった、アプローチの仕方を間違えた。そう思ったが遅かった。

怒れる宰相が鋭くドアを指さす。

「執務の邪魔だと言ったでしょう。出て行ってください！」

ああ、自分にもこの男にも腹が立つ。ローグ卿は平手でバンッと机を打ってから、無言で執務室を後にした。

7.

なぜローグ卿は、急にガレスの拷問の事など言い出したのだ？

昨夜待ちぼうけを食らわせた、これは嫌がらせか！

図らずもローグ卿と言い合いになってしまった事も手伝って、ルシアンは、サスキアが言うところの『熱くなって怒って』いた。

あの様子からして、詳細を知っているわけでもなさそうなのがせめてもの救いだが、この前の夜に続いて今日までも、思い出したくもない嫌な過去を突きつけられては我慢ならない。

だいたい、少し考えたらわかりそうなものではないか。そういう触れて欲しくない事をわざわざ訊ねたりするなど、あの男はデリカシーがなさすぎる！

怒り心頭、お陰でルシアンは、その過去を知られたショックにはさほど悩まされなかったのだが、すべてが寝静まる夜にもなると、激しく波立っていた心も凪いできた。

今夜は酒に逃げず、大人しくベッドに横になる。

シーツを胸元まで引き上げ、よくよく考えてみれば、昨夜、連絡もなしに約束をすっぽかした自分が悪い。

それなのに、それを責める事もせず、ただひたすらに己の非を詫び、真剣な想いを、今回はルシアンにプレッシャーをかけぬためにか、やや控え目に伝えてくれたローグ卿に、『邪魔』『迷惑』などの暴言をぶつけてしまった。

デリカシーがないなんて嘘だ。

あの男はいつだって騎士道精神に則って、誠意と礼節をもって接してくれたのに――。

思い返せば、二年に及ぶ裏取引も、そんなローグ卿だったからこそ負担に思わずにすんだのだ。

同盟の条件に身体を求められた時、本気の度合いを試されているのはわかっていたが、器にすぎぬ身体など使えるだけ使って、心は殺せばいいと思っていた。

ところがローグ卿は、抱く時は体勢的に楽な後ろから、自分を抱く男を見なくてもいいようにしてくれたし、手荒な真似は決してせず、事後は身を清められるよう必ず湯を手配して、ベッドの中でも外でも、常に変わらぬサバサバとした態度で臨んでくれた。

お陰でルシアンは、実験という名の拷問の記憶に怯える事もなく、抱き合う行為に嫌悪や罪悪感を覚えずにすんで、肉体の快感は快感として素直に受け入れる事ができたのだ。

政権奪回後、二人で定期的に会うようになってからも、ローグ卿は照れ臭さから公私の混同を極力避けたがる自分に合わせ、四の日の夜以外は、きっちり光の騎士長とレヴァイン国宰相の関係を保ってくれている。

気がつけば、ルシアンは自分の隣に、昨夜そこにいるはずだった男の移り香を探していた。

怒りは既に解けている。

そして、ヴァンが足りない――――。

＊

業務に追われてなかなか自分の時間が取れず、ルシアンがローグ卿にコンタクトを取ろうと試みたのは、数日たった午後の事だった。

四の日の夜が来るまでに、この前のすっぽかしを謝っておこうと思ったのだ。

ちょうどラルファスとの打ち合わせを終えたロヴァル副長を捕まえ、ローグ卿の居場所を訊ねる。

「お珍しいですね。ラロック宰相の方から騎士長をお探しとは」

ロヴァル副長は穏やかに笑い、ローグ卿は城の裏手にある庭園の方へ行ったと教えてくれた。

言われてみれば、職務に関する事ならまだしも、ルシアンが個人的な用件で自分からローグ卿を探すなど、初めてかもしれない。

何もしなくても、いつもローグ卿の方から声をかけてくれたし、二人でいる時も――そう、口づけもベッドに誘うのもローグ卿に任せきりで、それを彼は不満に思っているようだった。

それを思うと、ルシアンは少しばかり胸が苦しくなった。

それにしても、レヴァイン城には城の前後にそれぞれ庭園があるが、ローグ卿はなぜ華やかな前庭ではなく、裏庭へ行ったのだろう。

不思議に思いつつ、ルシアンも城の裏手へと向かった。

政権を奪回したのが、レヴァインの遅い春。今はその春ももうすぎて、辺りは爽やかな初夏の様相に満ちていた。南から戻って来た小鳥がのどかにさえずり、木々は青々と新緑を芽吹かせている。

そのささやかながらも美しい自然の中に、ルシアンはまるで一枚の絵のような光景を見た。

木漏れ日に赤い髪をちらちらと輝かせ、木の幹に寄りかかって精悍な顔に爽やかな笑みを湛えたローグ卿と、それをうっとりと見上げる黒い巻き毛の美しい乙女だ。その乙女は確か、教主ヴィーダのお世話役の一人と、ルシアンは記憶していた。

その二人との間に少し距離があるので、何を話しているのかまでは聞こえないが、ローグ卿が何か言う度、黒髪の乙女は恥ずかしそうに頬を染めて目を伏せたり、微風がなぶる後れ毛を指に巻きつけいじったり、それはそれはほほえましい光景なのだが——。

風が少し強く吹いて、黒髪の乙女の玉を転がすような声が聞こえてきた。

「よろしいのですか、騎士長様？　きっとですよ？」

乙女の白魚のような手が、しなりと騎士の逞しい胸元に触れる。そのどこか媚びたような仕種に、なぜかルシアンの胸の奥がチリッと痛む。

ローグ卿がその白魚のような手を取り、その甲に軽く口づけて言った。

「騎士に二言はありません。必ずご期待に添えるようにいたしましょう」

「嬉しい！」

黒髪の乙女は高く甘く言って、その口づけを受けた手をやわらかな胸元へ、ぎゅっと押しつけた。

「きっとですわね？　どうぞ、どうぞ四の日の夜をお忘れなく。来てくださらないと、きっと焦がれ死んでしまいますわ」

「ご心配にはおよびません。美しい乙女を焦がれ死にさせたとあっては、騎士の名折れですからね」

自分はいったい、何を目にしているのだろう……？

ルシアンは、自分の目と耳が信じられなかった。情けなくも、脚から力が抜けていきそうになる。

慌てて踵を返そうとした時、濃紫の瞳がふとこちらを見た。

声をかけるべきや否や――。ルシアンが迷っていると、ローグ卿はおもむろに黒髪の乙女の肩を抱き寄せて、ニッと得意げに笑った。

どういう、意味だ――？

動揺のあまりくるりと背を向け、ルシアンは逃げるように己の聖域――執務室へと戻った。

*

仕事に戻ってからも、ルシアンは裏庭で見た光景が目に焼きついて離れなかった。

清らかで可憐でやわらかくて、自分と違ってずいぶんと可愛げもある黒髪の乙女――彼女はきっと、頭にきているからと言って、理詰めで相手を言い負かそうとなどしないのだろう。頑な態度で苛つかせたりも、きっとしない。

片や、久しぶりに屋外で見る騎士長は、いつぞやラルファスが言っていたようにエネルギッシュなオーラに満ち、男らしく堂々たる騎士ぶりだった。

そして、濃紫の瞳で花の如き顔に笑いかけ、ルシアンに口づけるその唇で白魚のような手に口づけし、身の丈ほどもある聖剣を操る大きな手で、つい守ってやりたくなるような細い肩を抱いた。

その可愛らしい顔もなよやかな手も細い肩も、どれも自分にはないものばかり………。

そう言えば、ローグ卿のあんなに爽やかな笑顔を見たのも久しぶりだった。

喧嘩してずっと自分から避けていたのだから仕方もないが、あの笑顔が自分に向けられたものではないという事実が、何だか切ない。切なくて、胸が痛い……。

そう。何も小難しくてしち面倒なばかりの自分などいなくても、ローグ卿が笑顔を向ける相手は、他にいくらでもいるのだ。

背も高く男ぶりも良い騎士団の長ともなれば、黙っていても女性が寄って来るし、ローグ卿がそれほど品行方正でないのも知っている。戦いも女も楽しむとは、いつぞやあの男自身が言った言葉だ。

いつまでも頑な自分に呆れて、他に目がいったとしても不思議ではない。

あの裏庭でのシーンは、どう見ても逢い引きの打ち合わせだった。

『四の日の夜――』

あの黒髪の乙女は、はっきりとそう言った。

だが、その日は確か、ローグ卿がルシアンを訪ねて来ると言ってなかったか。

いったい、どういう事になっているのだ？

去り際のルシアンに見せた、あの得意げな笑みの意味は？

頭に血が上るほど好きだと、聖剣に誓ってもいいとまで言ったくせに――――。

かつて味わった事のない沈鬱な気分に翻弄されて、その日終わらせる予定だった議会の議題案の作成は、一向にはかどらなかった。

＊

月の瞬く静かな夜だ――。

見張り台への石段を一週間ぶりに登りながら、ルシアンはどこか後ろめたく物悲しい気持ちで、澄んだ夜空に浮かぶ三日目の月を仰ぎ見た。

今宵（こよい）は四の日の夜。本来なら、自室でローグ卿の訪れを待っているはずなのだが……。

別に、ローグ卿から都合が悪くなったという知らせを受けたわけではなかった。

が、先週は連絡もせずに逢瀬をすっぽかしてしまったし、その翌日に可愛げのない事を言って怒らせてしまったから、今度は自分が無視される番かもしれない。

結局、ローグ卿はあの黒髪の乙女との約束を優先させるのではないか——という考えが、ルシアンにはどうしても捨てきれなかったのだ。

剣に誓ってもいいとまで言ってくれた男を信じたい気持ちはある。

あるが、裏庭であの乙女の肩を抱いた得意げな顔がどうにも目にちらついて、もし待っても待ってもローグ卿が来なかったらと思うと、どうしようもなく怖くなって、また直前になって逃げるように部屋から出て来てしまったのだ。

私は、いつからこんな臆病者になった？

『氷原の青い月』と呼ばれ、政権奪回を目指していた頃は、逃げる事など考えもしなかったのに——。

感情が関わってくると、概して人は、どこか臆病になってしまうものなのだろうか。

ルシアンは石段を登り切り、松明（たいまつ）の明かりで照らされた見張り台へと出た。

見張り台は、元来見張り塔であった左の塔——現在は最上階が王の居室になっているが、その中腹辺りから左翼の屋上へと張り出している、十数人が詰められるほどのスペースだ。

そこに、ルシアンはよく見知った人物の影を認めた。

「ああ、今夜の見張りはあなたでしたか、ラルフ」

「おう、ルシアンか。おれはここからの眺めが昔っから好きでなぁ。時々、衛兵と見張りを代わってやってるんだ」

ラルファスはそう言って、城の前面に広がる夜に包まれた市街地に目をやった。

賑やかだった町並みはガレスに破壊され、この二ヶ月で瓦礫はほぼ取り除かれたものの、多くの建物を失ってガランとしている。

その侘しい光景を、薄い月明かりがひっそりと照らし出していた。

「あー、三日月が瞬いてんなぁ」

そう言えば、月が『瞬く』という表現を、ルシアンはこの男から覚えたのだった。

月光が本当にちらちらしているわけではない。見る者のどこか哀しく寂しい心情が、三日目の月の弱い光をそのように見せてしまうのだ。氷原に暮らしていた頃は、たとえどんな月であっても、瞬いているようにしか見えなかったが――。

「こんな夜は、闇ってわけでもねぇ、かと言って明るいわけでもねぇ。だから、前の陛下とよく衛兵の目を掠めちゃあ、城外へ繰り出したもんだったぜ。おれらが贔屓にしてた酒場は、ガレスのヤツにぶっ壊されて、もうなくなっちまったがなぁ……」

「また、作りますよ。酒場や商店や遊興施設。賑やかで活気に満ちた街――いえ、街だけでなく、皆で楽しく暮らせる国を、サスキア様と――」

「――って、勇ましい事言う割にゃあ、なんて面ぁしてんだよ」

え――、と振り仰げば、薄闇ですらその透明感を失わぬアイスブルーの瞳が、じっとルシアンを見つめていた。この目には、いつもすべてを見透かされているような気がしてならない。

「どんな……面でしょうか？」

「自分に自信がなくて不安でたまんねぇって面だぜ。おまえのそんな面、一回だけ見た事がある」

「それは、いつ――？」

「おれが八年前、サスキア殿下を連れて、おまえら近衛兵だけで氷原へ行けと言った時だ」

「ああ……。成人もしていない単なる御守役だった私と数人の近衛兵――いったい何ができるのかと、脚が震えてならなかったのを覚えていますよ」

「あん時から思やぁ、おまえは実際よくやったよ。この前も言ったが、おれは、ガレスに唆された北と東の隣国から国境を守るんで精一杯だったからな。ほとんどおまえ一人で、サスキア殿下育てながら組織ぃ作って『光の教え』まで引き込んで、とうとう政権奪回しちまった」

「そんな――。サスキア様も頑張ってくださいましたし、皆もよく助けてくれました。あなたにも、生活物資から組織作りのレクチャーまで、様々な支援をしていただきましたから」

　サスキアの要請を受け、ラルファスが八年ぶりに王都を訪れた日、三人は再び王城で会えた事を文字通り手を取り合って喜び、潜伏時代の苦労話に花を咲かせたのだった。

「けど、今はあの頃と違う。『氷原の青い月』だった八年間の経験と自信に満ちた、レヴァイン国宰相様だ。なのに何が不安だ？　なんで一人でこんな所にいる？　今日は四の日の夜だろが」

　ああ、やはりこの人にはお見通しだった。

「情報源はサスキア様ですね。まったく、あの方は本当に何でもあなたに話しておしまいになる」

「二ヶ月前にゃ、おまえをかっ攫われちまったって、泣きの手紙まで寄越したぜ」

「珍しく書き物などしておられると思えば――」

　これでは何をやってもラルファスには筒抜けかと、ルシアンはこめかみを押さえた。

「ま、いいじゃねぇか。それより、おまえだ、おまえ。先週もここに来てたんだってな。見張りの衛兵が言ってたぜ。んでまた今週もって、まぁだ喧嘩中か？」

「あちらにはあちらのご都合がおありのようで――」

　もしかしたら、もう喧嘩ですらないかもしれない……。

　ルシアンは答えをはぐらかしたが、ローグ卿が今頃はあの黒髪の乙女と一緒にいるのかもしれないと思うと、ひどく気が塞いだ。

「ったく、あちらのご都合なんだか、おまえのご都合なんだか」

「どういう……意味でしょうか？」

　長年の良き相談相手で師匠的存在のラルファスだが、やはり落ち込んだ表情など見られたくない。ルシアンが顔を背けると、ラルファスが慣れた手つきで細い顎を捉え、上向かせた。

「ったく、何をびびってる？　あの騎士長様が好きなんだろ？」

　どうして誰も彼も、その難しい質問をするのだろう。ルシアンはいささかうんざりして答えた。

「よく、わかりません。サスキア様には、絶対そうだと言われましたが……」

「そう言や、おれの知る限り、おまえって恋愛経験ねぇよな。まぁ、気軽に誰かを好きになれるような状況じゃなかったし――」

実際、ルシアンは十四歳で城に上がって以来、ずっとサスキアに仕える事のみに自分を捧げてきたし、氷原での厳しい潜伏生活では、そんな感情の入り込む余地などなかったのだ。

もっとも潜伏中は、自ら進んで冷厳冷徹に徹していたきらいはあったが――。

「じゃあ訊くけどな、サスキア陛下の事はどう思ってる？」

「常に、尽きぬ忠誠と、畏れ多くも慈愛の気持ちを感じています」

「じゃ、おれは？」

「深く敬愛しています」

「じゃ、あの赤い髪の騎士長様は――？」

「……騎士として立派な方だと思いますし……、政治的にも大切な協力者だと……」

即答を繰り返していたルシアンが、ここに来て言い淀む。ラルファスは手を軽く拳に握って、ルシアンの左胸をぽんっと叩いた。

「そんな人物評を訊いてるんじゃねぇ。ここでどう感じるんだって訊いてんだよ。あの男と会っててどうなんだ？　嬉しいとか、ドキドキするとか、あるだろ？」

「それは――」

ルシアンは一瞬躊躇したが、どうせこの十三年来の知己にはきっと、小さな心の動きまで見透かされてしまうのだ。

「会うと嬉しいし、一緒にいるのも心地いい――そう思ってはいますが……」

隠すだけ無駄と、ルシアンが取り敢えず自分にわかる範囲の気持ちを伝えると、ラルファスは『ふうん』と言って、腕を組んで考え込んだ。

「なるほどなぁ。おまえの場合、気持ちが言葉に変換できねぇだけかもな……。けど、まぁ、それでいいんじゃねぇのか？　一緒にいたけりゃ一緒にいりゃいいし、それで楽しけりゃ上等だ。気持ちにいちいち名前をつける必要もねぇさ」

「そう言っていただけると、気も楽になります」

「じゃ、びびる必要なんかねぇだろう。何をそんなに逃げ回ってる？」

アイスブルーの瞳に鋭く見つめられ、ルシアンはうろたえて碧眼を伏せた。

この人にごまかしは効かない。

それはわかっているのだが、自分の恥ずべき内面を晒すとなると――。

「まさかおまえ、未だにガレスにされた事を引き摺ってんのか？　あん時おれは、心身共にちゃんと手当てしてやったつもりだったんだがな」

実験室に吊るされていたルシアンを隙を見て下ろし、手当てして正気に戻してくれたのはラルファスだった。あの時の自分は本当にぼろぼろで、もう立ち直れないと絶望してしまうほどルシアンは打ちのめされていたのだが――。

そんな弱気を奮い立たせてくれたのは、何があってもサスキアを助け出さねばという強い思いと、それから――。

「まさか。あれは事故にすぎない、犬に噛まれたのと同じだと言ってくれたのはあなたですよ」

「その通りだぜ。経験値の高い年長者の言葉は聞いておくもんだ」

「ええ。あれは私が望んだ事ではないのですから、いつまでも気に病んでも仕方ありません。時間と精神エネルギーの無駄です」

「お前のそういう割り切った物の考え方、相変わらずで好きだぜ。けどよ、今回、そんなに気に病んじまってるって事は、騎士長様との関係は、おまえ自身が望んだって事だ」

「……そうです、ね。たぶん、生まれて初めて――」

そう。ずっとサスキア一辺倒だった自分が、そのサスキアの想いを振り切ってまで、あの男と一緒にいる事を望んだのだ。

それは確かなのだが――。

「じゃあ、何が問題なんだ？」

ルシアンは覚悟を決め、細く長いため息をついた。

「問題は……この身体に潜む、浅ましくて淫らな自分です。実験薬の影響下にあったとは言え、あの前後不覚に乱れた姿が自分の本性かもしれないと思うと、嫌で恐ろしくてたまらなくて……」

「待てよ、そりゃ考えすぎ――」

「なのに、極度に追い上げられて、つい、また恥ずかしくも浅ましい姿を晒してしまって……。箍(たが)の外れた醜いところなど、見られたくなかったのに……」

こんな自分を、この人も軽蔑するだろうか——？

情けなさのあまり俯いたルシアンの頭に、ラルファスの意外な言葉が落ちて来た。

「あー、おまえを部屋まで送ってったあの夜か。ちょいと騎士長様を焚きつけすぎちまったかなー」

「焚きつけた？　どういう事です？」

バツの悪げな口調を訝って問い詰めると、年上の男は開き直って言った。

「いや、どうせおまえの事だから、堅苦しくって他人行儀なつき合い方してんだろ？　あの男もえらいお行儀よくしてるみてぇだし、ちっとばかし煽ってやりゃ、二人がもっと本音でぶつかれる、自然な関係になれるんじゃねぇかって思ってよ。おれとおまえはすごーく親密だ、みたいな事を匂わせてやったっつーか——親心だよ、親心！」

「……そのお節介な親心のせいで、私はあんな目に————」

確かに、ローグ卿はラルファスに嫉妬したと言っていた。そして焦ってあの無体におよんだと——。

それがすべてこの男の蒔いた種だったのかと、ルシアンは呆然とした。

「お節介っておまえ、おれの事敬愛してるんじゃなかったのかよ。まぁ、どんな目に遭ったんだか詳しくは聞かねぇけど、要は、あの男がもっともっとおまえを欲しがったって事だろ。喜べよ」

「……あんな姿を晒しておいて、何を喜べと——？」

自嘲に美貌を歪めるルシアンに、今度はラルファスが呆れ返った。

「ったく、おまえは賢いんだかバカなんだか——。いいか、あいつはおまえの事、浅ましいとか恥ずかしいとか、そんな風にゃ思ってねぇよ。むしろ自分の腕の中で乱れてくれて嬉しいって、鼻の下ぁ伸ばしてるさ。でなきゃ、おまえの事、あんなに必死に追いかけ回したり、落ち込んだりするかよ」

　ラルファスは、ルシアンが無体をされた翌朝の、そして先週の逢瀬をすっぽかした翌日の、ローグ卿のそれは悲壮な姿について、滔々と説明してくれた。

「そりゃ情けないもんだったぜ。天下に名を馳せた光の騎士長様が、文字通り肩ぁ落としちまって、生気のねぇ暗ぁい顔してよ。おまえのあの拳が、よっぽど効いたんだぜ」

「しかし問題なのは、私のこの身体に潜む、忌むべき性なのです――っ」

　悲痛な訴えに強張る白い頬を、ラルファスの大きな手が温かく包んだ。

「わかってる、わかってるさ。おまえの言うその本性ってのを、あの男に見られちまってショックなんだろ？　まぁな、誰だって隠しておきたい事ぁある。自分のすべてを知られるのは怖ぇもんだぜ」

「あなたでも……ですか？」

「当たり前だ。おれだって人の子だからな。でも、何を知られるのが怖いかとか訊くなよ」

　今はおまえの話だから――と、ラルファスは先を続ける。

「けどな、人っつうのは、昔っから痛みにも快楽にも弱ぇ生き物だ。喚いたり暴れたり乱れたりする程度が違うだけで、それに反応しちまうのは誰だって同じなんだよ。だから気にする事ぁねぇ」

『気にしてるのはおまえくれぇだぜ』と笑って、年上の男は優しく金色の髪を撫でた。

　だが、たとえ自分の本性云々が考えすぎだとしても、もう、遅いかもしれない――。

ルシアンは寄り添うローグ卿と黒髪の乙女の姿を、どうしても頭から払い除ける事ができなかった。

8.

「訊いてもいいか？　確かにガレスの事など持ち出して気を悪くさせたかもしれんが、俺は昨夜の約束をキャンセルした覚えもされた覚えもないんだがな？」

ノックもなしに執務室に乗り込んで、ローグ卿はルシアンに詰め寄った。二度も続けて待ちぼうけを食わされ、さすがに堪忍袋の緒が切れかかっている。

ところが、ルシアンはローグ卿の訪れを予期していなかったとでも言いたげに、碧眼を瞠るのだ。

それがまたひどく腹立たしい。自分など、約束をすっぽかされても平気な男だとでも思っているのだろうか。

「あの……」

ルシアンが書類を手にしたまま、うろたえたように立ち上がった。

「ああ、わかっている！　ここでプライベートな話をするなと言うのだろう。ならば、なぜ昨夜のうちに話をさせてくれなかった？　文句でも恨み言でも、俺は聞くつもりでいたのだぞ！」

「恨み、事――？」

「そうだ！　結局は俺が無体をしたのが許せんのだろう？　ガレスに拷問されたかなどと無神経な事

を訊いたりして、頭にきたのだろう？　馬鹿みたいに明け方近くまで待ちぼうけを食わせて、さぞかし溜飲を下げた事だろうな！」

「いいえ！　そんなつもりでは――！」

ルシアンがむきになって反論した。彼に悪意があったわけではないとローグ卿にもわかってはいるが、どうにも馬鹿にされた感が拭えず、我慢ならないのだ。

「では、なぜ部屋にいなかった！　どこに行っていた？」

激しく問い詰めると、キレが売り物の宰相が目を逸らし、言いにくそうに口ごもった。

「それは、あの……、貴殿はあの女性と――」

「あの女性？」

「裏庭で、貴殿とご一緒だった黒い巻き毛の――」

「ああ、ヘリヤか。教主ヴィーダの世話役の一人だ」

「その方と……約束されていたようでしたので、私は見張り台へ……」

ローグ卿は、いきなりカッと頭に血が上ってしまった。

「他の女と約束だとっ？　ルシアン、俺がいったい何度貴公を好きだと言ったか覚えているか！」

知らない――とばかり、碧眼があどけなく見開かれる。

ローグ卿は髪を掻き毟りたくなった。

「六回だぞ、六回！　貴公はどう思っているか知らんが、俺は未だかつて、どんな女にもその言葉を言った事がないのだぞ。しかも俺は、聖剣に誓ってもいいとまで言ったのだ！」

「しかし……実際に誓ったわけでは――」

ルシアンが細かい所を突いてくる。

揚げ足を取られたようで、ローグ卿は更に苛ついた。

なぜこの男は、こういう時まできっちりせねば気がすまないのだ！

「あの時は帯刀してなかったからだ！　帯刀していたら間違いなく誓っていた！　その誠を疑われるとは、はっ、『砂漠の赤い星』も地に落ちたものだ！」

騎士がその剣に誓う事の意味を、ルシアンも当然知っている。

だからだろう。ローグ卿に詰られて、その碧い瞳にはっきりと罪悪感が浮かんだ。言い訳もしどろもどろだ。

「いえ、疑ったと言うか……。貴殿があの方の手の甲に口づけておられたので……。私は女性ではありませんし、あちらを優先されても仕方がないかと……」

「女性に対する騎士の奉仕精神の事を言っているのか？　今時あんな口づけ如きで、騎士はその行動を縛られたりはしない。第一、手への口づけくらい何だ。貴公にはもっと深い所まで、しっかり触れているではないか！」

その手の話を苦手とするルシアンが、さっと白い頬を強張らせる。

ローグ卿はもっと細部にわたって二人の関係を言い表したいのをグッと怺え、話を進めた。

「いや、だから、女だとか男だとか、今更俺たちには関係ないだろう！　それにヘリヤは、見習い騎士との逢い引きの約束を取りつけてくれるよう、俺に頼んでいただけだ」

「見習い騎士と――」

碧い瞳が、明らかな安堵を浮かべた。

が、その美しい目をすぐに伏せ、ルシアンはどこか拗ねたように言うのだ。

「でも……、その彼女の肩を抱いて、私に得意げな顔をされたではありませんか」

「得意げだ――？　どんな顔の事を言っているのか知らんが、それは貴公の気のせいだろう。俺は貴公にヘリヤを紹介しようとした。それだけだ！」

ローグ卿がきっぱり言い切ると、ルシアンは驚いたように数回瞬きをし、そして視線を泳がせた。

勝手に誤解していた事が、さすがに気まずかったに違いない。

「そう、でしたか……」

「『そうでしたか』ではない。まったく。口づけも知らぬ子どもではあるまいし、肩を抱いた程度でそのような迷惑な誤解をされたのでは、たまったものではない！」

ルシアンは悔しげに一度、キッとローグ卿を睨みつけたが、すぐに目を逸らして俯いた。その俯いた顔を、ローグ卿は細い顎を捉えて上向かせる。

「いいか。俺は決して聖人君子ではないが、絶対に嘘を言ったりはしない。光の騎士団の長だからな。そのくらいの覚悟は常に持っている。それを疑ったのだから――」

「お気持ちを疑ったわけではありません。ただ……」

「ただ――？」

「私自身の……問題と言いますか――」

碧眼を戸惑いに揺らめかせて言い淀む。その姿が何だか妙にいじらしく感じられて、ローグ卿の体内を沸々と沸かせていた怒りがすうっと引いていった。

「貴公自身の問題か……。ならば、どうせ訊いても答えてはくれぬのだろうな？」

ルシアンは黙して答えない。

「まぁ、いい。俺の気持ちを疑ったのではないのなら、それなりの証を見せてもらいたいものだ」

「証――とは？」

「今度は貴公が誠意を見せる番だ。今夜、部屋で待っているからな」

「し、しかし、今日は四の日ではありませんが――？」

やはりこの男は融通が利かなすぎる！

ローグ卿の引きかけた怒りが、再びちろりと燃えた。

「臨機応変という言葉を知らんのか？　俺は続けて二回、すっぽかされたんだぞ！」

＊

しかしその晩、ローグ卿は自室でルシアンを待つ事をせず、他の光の騎士たちと酒を呑んでいた。

騎士たちはガレス追討の任を果たして以来戦いもなく、守るべき教主もレヴァイン城の堅固な城壁に守られているため、ここ二ヶ月でルーティーン化した瓦礫撤去作業への協力や、新設する大聖堂の準備作業以外には、意外に自由になる時間がある。ガレスに大聖堂を破壊され、砂漠を放浪していた頃からすれば、考えられない余裕だ。

それで日没後は、交代でレヴァイン城衛兵とペアを組み、夜の見張りにも立つのだが、見張りの任に着いていない騎士たちは、こうして『光の教え』に割り当てられたレヴァイン城右翼のダイニングで酒を酌み交わし、馬鹿話をし、長い夜を楽しむのだ。

城に来たばかりの頃は、ローグ卿も騎士たちの集まりにちょくちょく顔を出していた。

しかし、近頃では自治区創設の着手も間近になって仕事量も増え、またルシアンとの時間を確保するためにも、夜になっても仕事をしている事が多く、自然、集まりから足が遠のいていたのだ。

今夜は騎士長の久しぶりの参加とあってか、騎士たちは大いに喜んだ。ローグ卿のゴブレットも呑む度に満たされ、空になるという事がない。

初めのうちこそ憂さ晴らし的に呑んでいたローグ卿も、酒量が増えるにつれ気持ちが疲れてきて、騎士たちの輪から離れて柱にもたれかかった。

ゴブレットになみなみと注がれたワインに、ふと視線を落とす。

それは、ルシアンとすごす夜にはいつも一緒に呑む赤い酒――。

ローグ卿は複雑に入り組んだ思いを振り切るように、ゴブレットの中身を一気にぐっと呑み干した。

苦い——。

十二で騎士になって酒を覚えて以来、酒をこんなに苦いと感じたのは初めてだった。

どこで、何が、どう狂ってしまったのだ……？

昨夜のすっぽかしの原因はわかった。ルシアンはヘリヤとの仲を疑っていたようだが、その誤解は解いたし、ルシアンも自分に二度の待ちぼうけを食わせた事に罪悪感を覚えているようだった。

今夜こそは、絶対に二人で会えると思っていたのに………。

実を言うとローグ卿は、ルシアンに自分の部屋へ来い、待っていると言いはしたものの、昼間のどこか腰が引けているようなルシアンを思い出し、自分も少し強く言いすぎた、あれではなかなか自分から行動を起こしにくかろうと気を回して、自らルシアンを部屋に訪ねようと自室を出たのだ。

そして、回廊を左翼へ曲がらんとした時、見てしまったのである。まさに自分が訪れようとしていたルシアンその人が、彼の尊敬する昔馴染みラルファスと一緒に歩いているのを——。

ラルファスは何やら冗談を言っていたようで、ルシアンがそれにいちいち答えたり言い返したりと、ひどく楽しそうだった。

その光景に、ローグ卿は思わず心が萎えそうになった。

が、いや、たまたま一緒に歩いているだけだろう、ルシアンはもうすぐラルファスと別れて、自分に会いに右翼へ向かうに違いないと、そう思い直そうとした矢先、二人はそのまま王の間の方へと足を向けたのだ。

「すまねぇな、面倒な事につき合わしちまって」

「何を今更。私にあなたの頼みを断れるわけがないでしょう」

などと言いながら——。

ローグ卿は呆然とした。ルシアンは自分との逢瀬よりラルファスを取ったのかと、ひどく——そう、とてつもなくひどく遣る瀬なくなって、その足を騎士たちの集まりへと向けたのだ。

結局のところ、騎士長がいるべき場所はそこなのだと、自分に言い聞かせつつ———。

「騎士長、どうしたんすかぁ、そんなシケた顔してー？」

一人の騎士見習いが、ずいぶんと上機嫌でローグ卿に纏わりついてきた。

「イアーリ、元はと言えばおまえが———！」

「えっ、なんすかぁ？」

酔っ払ってへらへら笑っている年若いイアーリを見ていると、何だか気が抜けて、ローグ卿は八つ当たりする気も失せてくる。

「いや、いい……」

そう、こいつが悪いわけではない。

もしかしたら、ヘリヤとの仲を誤解させた自分の態度に、どこか問題があったのかもしれない。

誤解はきっちり解いたつもりでいたが、やはりまだルシアンの意思を無視して無体を強いたのが許せないのだろうか……。

　ローグ卿は深いため息をついて、いかにも聞いて欲しそうに目を輝かせている見習い騎士に訊いてやった。

「それで、どうだったのだ？　ヘリヤとは首尾よくいったのか？」

「はい、それはもうばっちり！　騎士長が取り持ってくれたお陰っす！」

『そうか』と気のない相槌(あいづち)を打ったローグ卿に、イアーリはヘリヤとの一部始終を子細にわたって一生懸命報告している。

　そんなにうまくいったのならば、ヘリヤ共々ルシアンの所へ行って、裏庭での出来事はまったくの誤解だったのだと、もう一度はっきりと伝えてもらいたいものだ。

「あっ、そう言えば、騎士長も昨夜はラロック宰相殿との巨頭会談でしたよね。成果のほどはいかがでしたかー？」

　成果も何も、首尾よくいっていれば、こんな所で酔っ払いの相手などしていない。

「でも、すごいっすよねー。騎士長と宰相殿との間で物事がどんどん決まって進んでいく。お二人がいらっしゃれば、『光の教え』とレヴァイン王国の関係はこれからも安泰ですねー」

　無邪気な言葉を聞いていると、現実とのギャップに、ローグ卿はだんだん気持ちが沈んでいきそうになった。

「そうだな。これからもずっとそうだといいんだが……」

いきなり、騎士たちの間からわっと歓声が上がった。何事かとダイニング中央のテーブルを見やれば、騎士たちが口々にローグ卿を呼ぶ。

「騎士長、そんな所で何してんすかー。イアーリ、騎士長を独り占めするな！」

「今、誰が一番酒が強いか賭けてたんですよ。絶対に騎士長ですよねぇ」

「ソリンの奴が、自分が一番だなんてほざくんですよ。騎士長、ここへ来て、奴が間違ってるって証明してやってください」

「あっ、オレも参加しますんでー」

イアーリが陽気に叫んで、ローグ卿の腕をぐいぐいと引っ張っていく。

考えられる事はもう十分考えた。

後はもう、このまま酒に忘れてしまうのもありかもしれない。

だが、騎士たちと飲み比べを始めて、四、五ラウンド目だったろうか。ロヴァル副長がやって来て、ローグ卿にそっと耳打ちした。

「教主ヴィーダが探しておいでです」

＊

こんな夜更けに、いったい何用か——。

ふらつく足取りで教主の居室まで行ってみると、ヴィーダの側には、なぜか腕を組んで偉そうに反り返ったサスキア王と、その後ろに、珍しく感情を隠しもせず、ひどく居たたまれない顔をしたルシアンがいた。

何がどうなっているのかわからない。

ローグ卿は酔った頭で必死に状況を判断しようとするが、どうも上手くいかない。

ヴィーダがローグ卿を見上げて、キャンキャン吠えた。

「なんてザマだよ、ヴァン。ああ、もう、お酒臭ぁい。宰相殿をほったらかして何やってんの！　それに、なにその乱れた服装！　ちゃんとしなきゃ愛想つかされちゃうよっ」

そう言ってローグ卿の緩んだ襟元をぎゅっと締め直したかと思うと、ヴィーダは甲斐甲斐しく『さっ、これ飲んで！』と水を差し出したり、タオルを濡らして顔を拭くよう促したりと、ローグ卿の世話を焼き始めた。

ルシアンはひどく居心地が悪そうに、視線をあちらへ移したり、こちらへ移したり。

サスキアは何を考えているのか、ヴィーダがちょこまか室内を動き回るのをじっと見ている。

「もうっ、ちゃんとして！」

ヴィーダがめいっぱい背伸びして、ローグ卿の頬をぺちぺちっと叩いた。

それをいい機会と捉えたか、ルシアンが遠慮がちに口を挟んだ。

「あ、あの、ローグ卿もお疲れのご様子ですし、私はこれで――」

するとサスキアがキッとローグ卿を睨んだまま、ルシアンに言うのだ。自分はこの若い王を怒らせる、いったいどんな事をしたのだろう？

「何たわけた事言ってんだよ、ルシアン。帰るんなら、責任持ってこの酔っ払いも連れてってくれ。オレと教主様はまだ話があるんだからな」

「はいっ、じゃあ、後はお任せしましたよぉ、宰相殿っ」

ヴィーダが明るく言って、ローグ卿の身体をどんっとルシアンの方へ押した。

9.

「本当にお酒臭いですね」

「すまん。一人で歩けるから、もう離してくれて構わんぞ」

「いえ、もう少しこうして支えています」

「誰かに見られるかもしれんのに？」

「実は、言い繕うのは得意です」

右の塔にあるヴィーダの居室から長い階段を下り、二人はローグ卿の部屋へと向かっていた。足下の少しふらつくローグ卿を、その腰に腕を回してルシアンが支えている。

久しぶりに触れたローグ卿の身体を、ルシアンは離したくなかった。

堅くて張りのある筋肉と、アルコールが入っているせいか、いつもよりやや高めの体温――。それらがひどく自分の腕にしっくりくる。少し気を張っていないと、自分の意思とは無関係に鼓動が走り出してしまいそうだ。

幾つか言葉を交わしたきり、しばらく無言で歩いていると、ローグ卿がぽそりと言った。

「訊いてもいいか？」

「なぜ私が教主ヴィーダのお部屋にいたか――ですか？」

ちらりと見上げると、混乱しながらも喜びの入り交じった濃紫の瞳が、ルシアンをじっと見ている。この男も、こうしてまた二人で会えて嬉しいのだろうか。

ルシアンは再び視線を薄暗い足下に戻し、どこか気恥ずかしく思いながらも、ヴィーダを訪ねて来たサスキアに問答無用で連れて行かれたのだと明かした。

「王がヴィーダを訪ねて？　何用で――？」

「お二人はお歳も近いですし、時々、私室も行き来しておられるようですが、今回は、その、私たちの事で対策を、と――」

「そう言えば、先週も俺たちが仲直りする機会を作ろうと、二人で画策していたな……」

「ええ……。それで、今宵は騎士たちの集まりがあるようだから、貴殿が戻るまで教主様のお部屋の方で待っていればいいと、そう教主様がおっしゃってくださいましたので――」

不意にローグ卿が立ち止まり、ルシアンの顔をのぞき込んだ。

「もしや貴公、誠意を見せに、俺を訪ねて来てくれたのか？　それでまさか、部屋の前で待っていてくれたのか？」

濃紫の瞳が回廊の照明を受け、喜びと罪悪感を時間差で露わにする。その目にじっと見つめられ、ルシアンはそっと瞳を伏せた。

「そういう約束でしたから——」

そう。ルシアンは、ローグ卿を部屋に訪ねて行った。ヘリヤとの仲を誤解して約束をすっぽかした事を謝って、ローグ卿との関係を修復したかったのだ。

自分を好きだと言ってくれた彼の気持ちにも、自分なりに応えたかった。

「ルシアン、俺は——！」

「でも、貴殿はいらっしゃらなくて……」

何度呼びかけても、部屋はシンと静まりかえっていた。

しばらく待ってもみたが、部屋の主が戻って来る気配はなく、拒絶されたとわかったその時の哀しくて惨めで胸も潰れそうだった思いを、ルシアンは切々と打ち明けた。

「回廊は薄暗いし、途方に暮れて、つい、悪い事ばかりを考えてしまいました。頑になりすぎて、可愛げのない事を喚き散らして、挙げ句の果てには愚かな誤解までして……。さすがに、貴殿にも愛想を尽かされてしまったかと——」

「そんな事は絶対にあり得ない！」

ローグ卿がぎゅっと強くルシアンを抱いた。逞しい腕の中で、ルシアンの鼓動が跳ねる。

ああ、どんなにこの熱い胸に触れたかっただろう――。

ルシアンは部屋の前で待っていた間、今にもローグ卿が現れて、待たせてすまないと、その胸に自分を掻き抱いてくれはしないかと、ずっと祈るような気持ちだったのだ。

ところが、現れたのは通りすがりのサスキアで、ローグ卿とはこのままだめになってしまうのかと、寂しく哀しく思っていたのだが――。

「俺が貴公に愛想を尽かすなどあり得ない。心細い思いをさせて悪かった！」

「そんな――。自業自得です。私など、貴殿に二度も待ちぼうけを食わせてしまって……。自分がその立場になってみて、どれほど辛いかよくわかりました。本当に、申し訳ありませんでした」

「俺こそ、貴公に愛想を尽かされたと思い、滅多に顔など出さぬ騎士の集まりへ逃げてしまった」

「どうして私がそんな事を――？　ヘリヤ殿との仲を邪推して逃げたのは私なのに――」

馴染んだ腕の中から見上げて問えば、ローグ卿が、部屋でルシアンも待たずに騎士の集まりに行ってしまった顛末（てんまつ）を話してくれた。

「貴公がローランド卿と王の間の方へ行くのを見て、てっきり俺との約束は、また無視されたと思ってしまったのだ」

『また』という言葉が、チクリとルシアンの胸を刺す。

「それは……重ねて申し訳ありませんでした。実は、王の間のずっと奥に、先王キアヌ陛下の私室があるのです。あの辺りの鍵は私が管理しておりまして、ラルフがサスキア様の了承を得て、先王の形見の品を取りに行くのに同行したのです。十五分もかからず、その後すぐ貴殿のお部屋の方へ向かったのですが――」

「そうだったのか。いや、貴公は悪くない。俺が部屋で待っておりさえすれば、すれ違ったりなどしなかったのだ。すまなかった」

だが、すれ違いなど、元の場所に戻りさえすれば、いくらでもやり直しが利く。二人は、改めて互いの瞳を見つめ合った。

「それにしても、誤解に次ぐ誤解とは。まったく、二人していい大人が何をやっているのだろうな」

「本当に。サスキア様や教主様にまでお気を遣わせて――」

「ルシー……」

「ヴァン……」

口づけたい。今すぐにでも――。

しかし、ここは城内の回廊だ。夜半とは言え、誰に見られるかわからない。口づけの現場を見られでもしたら、さすがに弁の立つルシアンでも言い繕うのは難しいだろう。

ひどく離れがたく思いつつも、二人はどちらからともなく抱擁を解いた。大人なのだから、せめて場所柄くらいはわきまえたい。

少しでも早くローグ卿の部屋へたどり着きたくて、二人は再び歩き始めた。もちろん、ルシアンの腕は自然にローグ卿の腰に回される。

ローグ卿が、何となく間の悪いのを振り払うように切り出した。

「何だか、こうやって夜中の回廊に二人していると――」

「ええ、最初に諍いをした晩を思い出しますね」

「あの時は、俺が貴公を部屋まで送って行こうとして――。状況的に言って、そろそろあの男が現れそうな気がするのだが」

「まさかそんな――」

考えすぎですよ、とルシアンが言いかけたところへ、

「ルシアン、酔った騎士長様は重いだろうが。手伝ってやろうか？」

「ラルフ！」

「ローランド卿！」

立ち止まって振り向くと、回廊の壁に寄りかかり、ラルファスがニヤニヤと笑っていた。

「ラルフ、こんな時間にどうなさったのです？　もしや、まだキアヌ陛下の私室にご用が――？」

それで鍵を持っている自分を探していたのかと、ルシアンが慌ててローグ卿の腰に回していた腕を解きながら訊くと、ラルファスが否定に手をひらひらと振る。

「おれはおまえらと違って働いてたんだぜ。もうすぐ北方へ帰んなきゃいけねぇからな。ラーズの部屋で、大聖堂用資材の最終調整だ。もちろん、酒付きだけどなぁ」

「ラーズ――ロヴァル副長を名前で呼ぶのは、前任の騎士長、俺の父だけかと思っていた」

ローグ卿が感心したように言うと、北の男はアイスブルーの瞳をさも愉快げにきらめかせた。

「おれたち、意外に馬が合うって言ったろ？　で？　今度はおれは、このでっかい騎士長様を運ばなきゃなんねぇのか？　ま、ヘラジカよりゃ軽そうだな」

『結構だ』と、ローグ卿が言うのを押しとどめ、ルシアンは昔馴染みの男にほほえんだ。

「これは私の獲物ですので、どうぞお気遣いなく」

「え、獲物――っ？」

どこかはすっぱな口を利いたルシアンに、ローグ卿が素っ頓狂な声を上げる。

「この人にはこのくらい言わないと、遣り込められてしまいますので」

「ははっ、そいつ、キレイな顔して、ものすっげぇ負けず嫌いだから」

嬉しそうに言うラルファスに、もう大丈夫です――と、ルシアンは軽く頷いて見せた。

この男はきっと、ルシアンがローグ卿と元の鞘に収まるのを、北の領地へ帰る前に見届けたかったに違いない。

「んじゃ、おれは用無しみてぇだし、引き上げるとすっか。お節介もほどほどにしとかなきゃ、まぁた誰かさんが泣いちまうしな」

「泣いたのか？」

「泣きませんよ」

恐々と訊ねる騎士に、ルシアンは眉を寄せて答える。

去り際に、ラルファスが振り向いて言った。

「おっと、騎士長殿、そいつを簡単に笑わす方法だ。まずはサスキア陛下に、子どもの頃の失敗談を一つ二つ訊け。それを話してやりゃ、そいつは簡単に笑い転げるぜ」

*

居室に戻ってドアを閉めるなり、ローグ卿はルシアンを壁に押しつけてその唇を貪った。

もうどのくらい触れていなかったろう？　どんな女よりも自分を煽るそのなめらかで甘い感触に夢中になって吸い上げれば、ルシアンもまた同じような熱心さで返してくる。

この美しい男も自分に飢えていたのかと思うと、口づけにもなおさら力が入った。

だが、度を過ぎるとまた同じ失敗を繰り返してしまうかもしれない。ローグ卿はブレーキの利かなくなりそうな自分を敢えて押しとどめ、名残惜しさを振り切って唇を離した。

すると、それを惜しむかのように、ルシアンの赤い舌がローグ卿のそれを追ってくる。

「もっとしていいのか？」

と、問えば、潤んだ碧でそうだと頷く。

ローグ卿はそれでも目一杯自制して、軽く触れるだけの口づけにとどめると、ルシアンの手を引いてベッドへと誘った。

　すぐにでもその白い肌を暴いてくまなく味わいたいが、やはりもう一度きちんとけじめをつけておきたい。ローグ卿は潤んだ目で見上げてくるルシアンをベッドに座らせ、自分もその隣に寄り添うと、金色の髪を梳きながら言った。

「ルシー、もう一度謝らせてくれ。この前は本当に悪かった。貴公の意思も顧みず、無理を押し通したりして――」

「私こそ、いきなり殴ったりしてすみませんでした。ひどく、腫れていましたよね……」

　今はもうそこにはない腫れに触れるように、ルシアンがローグ卿の頬を痛ましげにさする。

　ローグ卿はその手を取って、たった今自分の頬を撫でたばかりの手の平に唇を押し当てた。

「いや、俺が貴公を追い詰めて、嫌な事を思い出させたのだろう？　それを思えば、あれしき――」

　恐らく八年前ガレスに受けたであろう性的な拷問を匂わせると、ルシアンの身体が一瞬、ぴくりと強張った。が、それでもローグ卿に握られた手を引っ込めようとはしない。

「それは……もういいのです。今更考えても仕方のない過去の事ですし、できれば、詳細はあまり話したくありません」

　そう言われて、ローグ卿はむしろほっとした。ルシアンがガレスにどんな目に遭わされたのか、もし具体的に聞かされでもしたら、今すぐにでも聖剣を引っ摑み、ガレスを収容している地下牢へ押しかけていたかもしれない。

「でも――」

と、ルシアンが俯いて、切れ切れに、だがはっきりと、その胸の内を打ち明け始めた。

「あの一件のせいで、私は、自分の本性と言うか、思いもしなかった姿を知ってしまって……。だから、あまり追い詰めないで欲しいのです。貴殿も、その、色々と思うところはおありでしょうが、追い詰められたら、私はまた――。私は、この前の夜のような……浅ましく、乱れる自分が嫌いです。あんな……淫らで醜い姿を、晒したくない……」

ローグ卿は、なぜルシアンが極度の快楽に乱されてあれほどまでに怒ったのか、ようやく得心がいった。ガレスに受けた恥辱よりも、それによって引き出されてしまったと思い込んでいる痴態を、自分に見られたからなのだ。

俯いた顔を両手で仰向かせ、ローグ卿はルシアンの形の良い唇を親指でなぞりながら言った。

「ルシー、俺は貴公がどんな姿を晒しても、一向に構わない。ましてや、嫌いになどなったりするものか。美しく乱れて、俺を欲しがってくれて、心の底から嬉しかったぞ」

湖面のような碧い瞳が、意外とばかりに見開かれる。

「本当に――？　ラルフも、貴殿はきっとそう思っているはずだと――」

「まさか貴公、俺たちの事を相談したのか？　そんなベッドの中の事まであの男には話すのか？」

胸の奥にチリっとした痛みを感じながら、ローグ卿はルシアンに迫った。

ところが、何が悪いのかと言わんばかり、ルシアンはさらりと答えるのだ。

「どうなっているのかと訊かれましたから。それに、隠したところで、あの人にはサスキア様と私の事ならすぐにわかってしまうようで――」

やはり十三年の壁はぶ厚い。ここは対抗意識など燃やさず、譲歩するしかなさそうだ。

「仕方がない。要は父親的存在なのだと思う事にする。あの男の事は――」

「父親？　ラルフとは十ほどしか違いませんが――」

「ああ、では、兄だ、兄代わり！　まったく、この口はこんな時までくそ真面目なのか」

少しばかり苛ついて、ローグ卿はルシアンをベッドに押し倒し、その憎らしくも愛しい唇に激しく口づけた。ルシアンの腕が、自然にローグ卿の首に回される。

しばしその甘い触れ合いを味わってから、ローグ卿もはっきりと打ち明けた。もう、黙って期待するのはやめにする。

「いずれにしても、もう二度と無理強いなどしないと誓う。だが、もう少し――徐々にで構わん、せめて二人きりの時くらい、貴公の方からも、俺にもう少しわかるように気持ちを表して欲しいのだ。そうでなければ、俺とて不安になる」

「気持ちを表す――とは、どのように？　具体的に言っていただかなくてはわかりません」

キレるくせに感情表現の苦手な男が、真剣な面持ちで訊いてくる。

ローグ卿は片肘で少しだけ身体を起こし、考えてみた。

「そう、だな。たとえば、貴公の方から寄り添ったり、口づけてくれたりとか――」

男を煽るような台詞を言うとか、口移しでワインを飲ますとか、他にもルシアンにして欲しい事は様々あるが、あまりプレッシャーをかけすぎると、せっかく歩み寄ってくれたルシアンがまた引いて行ってしまう。

「まぁ、ベッドに押し倒してくれとまでは言わんが」

ローグ卿が程よいところで切り上げると、ルシアンが今度はひどく困ったように明かした。

「私も、そういう事を、したくないわけではないのです。ただ、タイミングがわからなくて……」

「タイミング？　そんなもの——！　俺は貴公になら、いつどこで何をされても構わんぞ。たとえ王の間で乗りかかられたとしても、嬉しいばかりだ」

「そんな——！　私は、構います。私は、その、気軽に人に戯れかかれるようには——」

「生まれついていない、か。聡明な宰相様が、どうしてそういう所だけ不器用なのだろうな？」

むしろほほえましく思ってローグ卿が言うと、碧い瞳がますます戸惑いに揺れる。

「そう……言われましても……」

「いや、何も困らせるつもりはないのだ。そのギャップが貴公の魅力とでも言うか——。まぁ、その辺は気長に待つとして、そうだな、せめて『貴殿』『貴公』をやめにしないか。もっと打ち解けて、『あなた』とか『おまえ』とか——？」

「それは嫌です」

先ほどの戸惑いを一掃、きっぱりとした答えが返ってくる。

ローグ卿は苦笑いを零すしかなかった。

「やはり、節度のない、馴れ馴れしい関係は嫌か」

「いえ、そうではなく――。私は、貴殿が私を『貴公』と呼ぶ、あの響きが好きなのです」

「好き――」

自分の事ではない。響きが、だ。それはわかっているのだが、初めてルシアンの口から『好き』という言葉を聞いて、ローグ卿はひどく浮かれた気持ちになった。

しかも、

「ですが、貴殿がお嫌でないのなら、今後は私だけでも『あなた』と――」

そう言って、どこか照れたように上目遣いで見上げてくるその姿が、少しでも自分に応えようとしてくれる姿勢が、どうにもたまらなくいじらしい。

ローグ卿は思い余って、その腕にルシアンを掻き抱いた。

「ああっ、くそっ。今すぐにでも貴公の中に這入（はい）りたいのに！　今夜はいつになく呑みすぎたかもしれん！」

一抹の不安に歯噛みするローグ卿に、『大丈夫です』と言って、ルシアンが艶やかに笑った。

*

薄暗い室内に、ぴちゃぴちゃと淫猥な水音が響く。

その音にもどこか官能を刺激されながら、ルシアンは全裸の男に乗り上げ、素晴らしく屹立したものに丁寧に舌を這わせていた。

まったく、何が『飲みすぎたかも』だろう。ローグ卿のそれはいつになく硬く大きく反り返って、今にも爆発しそうな勢いでびくびくと脈打っている。思わず惚れ惚れと眺めてしまうほどだ。

でも、それも、自分が一枚ずつ服を剝ぎ取って、こうして口に含んでいるせいかもしれない。そしてもうすぐこれを身の内に呑まされるのだと思うと、ルシアンの身体の奥からじわじわと止めようもなく淫らの塊が広がってきた。

そんな浅ましい自分はやはりまだ受け入れがたかったが、それでも、ローグ卿はどんなルシアンでも構わない、乱れてくれて嬉しかったと言ってくれたのだ。

だから、きっと今は、思うがまま、感じるままに、素直になっていればいいのだろう。

第一、同盟下の裏取引で情を交わしていた頃から、この男に関しては浅ましく貪欲になってしまう自分を感じていたではないか。

それに、あの極限まで追い上げられた夜の事も、淫らに悶え狂ってしまった自分はさておき、必要のない嫉妬に駆られて、ローグ卿があれほどまでに自分を欲しがってくれたのは決して嫌ではなかったのだ。

そこまで想われている自分を誇らしく思いながら、ルシアンは久しぶりに触れるローグ卿自身を、刻み込まれた記憶と照らし合わせるように、熱心になぞって舐め上げた。

するど、仰臥したローグ卿が、くくっと喉で笑い、手を伸ばして金色の髪をくしゃりと乱す。

「抱き合うのに正当な理由がいるだとか、あまり追い詰めるなとか言う割に大胆だよな、貴公」

しまった、少し調子に乗りすぎたか？

ルシアンは傷ついた顔で、そろりとローグ卿をうかがった。

「気持ちを表して欲しいと言われましたので――。でも、はしたなくてお嫌でしたか……？」

「はしたなくなぞない。俺にだけだろう？　こんな風にしてくれるのは――」

ローグ卿が、珍しくくやに下がった顔で言う。

それへほっと胸を撫で下ろしつつ艶やかに笑い返し、ルシアンは再び目の前の雄々しいものにむしゃぶりついた。

こうして口に含んで舐めているだけで、自分のそれも信じられないほど熱くなってくる。触れられてもいないのに着衣の中で硬く勃ち上がり、今にも情熱が迸り出てしまいそうな気がして――。

迸り出たのは、抑えきれなくなった感情だった。

「ああ、好き……好きです」

それは、ひどく自然にルシアンの口を衝いて出た言葉だった。

そう、きっとこれでいい。このローグ卿への抑えようもなく迸る感情に名をつけたら『好き』になるのだと、ルシアンはようやくそう思えた。

それなのに、

「俺のそれがか？」

と、やに下がった男が、わざとらしく眉を寄せてからかうのだ。

人の一世一代の大告白を——と、男を口から取り落として睨み上げれば、今度は喜色満面、ローグ卿が濃紫の瞳を輝かせ、ひどく昂揚（こうよう）した声で言う。

「許せ。酔っ払いの戯言（ざれごと）だ。貴公の気持ち、この身が震えるほどに嬉しい」

そして、その言葉が終わるや、ルシアンは裸の厚い胸に抱きかかえられ、息も止まりそうな口づけを受けていた。

そうしている間にも、慣れた手が器用にルシアンの着ている物を毟り取っていく。息苦しさに口づけを解くと、着衣の中で密かに屹立していた己自身が暴かれ、ぎゅっと握り締められた。

「う、んっ——」

「俺だけ煽られるのも、な」

ローグ卿がそう言って、ニヤリと唇の端を吊り上げる。

その意味を考える間もなく、ルシアンは両脚を抱え上げられ、それまで大きな手の中にあったものが、今度は大胆で力強い唇にぬるりと呑み込まれた。

「なっ、何を——っ、ヴァン！」

ルシアンは驚愕（きょうがく）に脚をばたつかせた。ローグ卿に咥（くわ）えられるのは初めてだったし、自分も滅多にしない愛撫だけに、その羞恥にはあり余るものがあったのだ。

ところが、ローグ卿は暴れる腰をがっちりと摑み直しただけで、唇と舌で張り詰めた先端を転がすように舐めては吸い上げていく。

とろりと滲み出る先走りの悦液が、ローグ卿の口腔を汚しているのではあるまいか。そんな思いに、ルシアンはひどく羞恥を刺激された。

「ヴァン、は、放して――っ」

逃れようと男の頭を押し返してはみる。が、ルシアンはその口がねっとりと生み出す快感に、次第に抗えなくなっていく。

「あぁ、う……んんっ」

前を吸われるだけでも頭の芯が焼けそうなのに、無遠慮な指が双丘を掻き分け、媚肉に潜り込んできた。瞬間、背中を甘い戦慄きが駆け抜ける。

「ああっ、や、やめ……てっ――」

ルシアンは背中をしならせ、金色の髪を左右に振り乱して訴えた。前も後ろも同時にいじられ、快感が大きすぎるのだ。

それでもローグ卿は、快感に凝って震えるルシアン自身を放さぬばかりか、媚肉の奥の弱い一点を探ってぐりぐりと刺激してくる。

「ヴ、ヴァン――っ、お願い、ですから……っ」

胸を激しく上下させ、荒くて熱い息を吐く。音を立てていじられ、媚肉が浅ましく男の指に絡みついていくのがわかる。

「い、嫌――っ」

あまりの快さに自分が恐ろしくなってルシアンが叫ぶと、ローグ卿が前だけを解放し、ぎらつく目をして言った。

「悪いが、ずっと貴公に飢えていたのだ。これくらい、一度に味わわせろ」

「で、も……っ、あっ……ん！」

訴えはあっさり却下され、敏感になった前後が、再び強い快感に晒される。

そう言えば、以前、これに似た状況を夢に見たと、不意にルシアンは思い出した。後ろにローグ卿の楔を呑まされ、前を唇と舌とで愛されて悶える、とてつもなく淫らな夢――。

そう思った瞬間、ルシアンは男の口中で己自身がぴくんと跳ねるのを感じた。

「やめ――っ、ああっ、だ、だめ――ぇ！」

両手でローグ卿の頭を押し返したが遅かった。どうにも怺えきれず、ルシアンはローグ卿の口の中に出してしまったのだ。

そこまでは予測していなかったのだろう。ローグ卿が驚いて身を引き、ルシアンの放ったものを口に含んだまま呆然としている。

「すっ、すみません、ヴァン！」

ルシアンはあまりにも恥ずかしく、あまりにも申し訳なくて、思わず泣きそうになってしまった。身の置き所もなくて、すぐにでも逃げ出してしまいたい。

するとローグ卿がゴクリと喉を鳴らして飲み下し、どこか可笑しそうに言うのだ。

「いい大人がそんな顔をするな」

「どんな、顔ですか……？」

危うく零れそうになる涙を押しとどめて訊けば、精悍な顔がニヤリと口元を崩す。

「今すぐ挿(い)れてくれ、という顔だ」

ルシアンはローグ卿に飛びついて、その憎らしくも愛しい唇に口づけた。

ローグ卿が片脚を抱え、まだじんじんと疼いているルシアンの入り口へ、再び指を這わせてくる。

敏感になっている媚肉をなぞられると、たった今受けた刺激を思い出してか、妖しいざわめきがそこから背筋へと這い上っていく。

ああ、もうたまらない――。

「ヴァン……」

ルシアンは自分から腰をもじらせ、男をねだった。

それに応えて、ローグ卿が指を己自身に換えて入り口を擦(こす)った。その男の熱に触れるだけで、中が熱くうねりだしそうだ。

ふううっと熱い息を吐いて自らそこを緩ませ、ルシアンはローグ卿が這入ってくるのを待った。

「ルシー、挿れるぞ」

「あ……っん――」

ローグ卿がゆっくりと、ひと襞ひと襞を確かめるように這入ってきた。

あらかじめ中を指で拡げてあったせいか、久しぶりに受け入れるローグ卿の雄根でも苦しくはなく、かえってその緩やかな動きがもどかしいくらいだ。

しかし、ローグ卿は自らをルシアンの中に収めきってからも、すぐには動き始めなかった。

「ヴァン……？」

訝って名を呼べば、濃紫の瞳を欲望にぎらつかせているくせに、

「飢えていたと言ったろう？　ゆっくりと味わわせてもらう」

と、まるで媚肉に包まれた感触を楽しむように、じっとルシアンの中に留まっている。

飢えていたのはルシアンも同じ。挿れたままじっとしていられると、まるで生殺しだ。

もっと、もっと激しく抱いて欲しい――！

「まさか、長々と待たせた腹いせ――ですか？」

無意識に媚びを含んだ碧眼で見上げ、腰を揺すって男を締めつける。

「考えてもみなかったが、それも一興だな」

ルシアンがよほどショックな顔をしたに違いない。ニヤリと笑っていたローグ卿が慌てて言った。

「冗談だ。本当に、貴公を大事にゆっくりと抱きたい。それだけだ」

そして、ゆるゆると出たり這入ったりの抽挿が始まった。

それはそれで快いのだが、喧嘩して、ようやく元の鞘に収まって、久しぶりに抱かれる心と身体には少しばかり物足りない。

ローグ卿は、激しくルシアンを責め立てて、また意識を飛ばせてしまうのを恐れているのだろうか。

だがそれは、ルシアンの憂慮に終わった。

「はは、あまり悠長な事も言ってはおれんようだ。すまん、ルシー……っ」

衝動を抑えきれなくなったか、ローグ卿がぐっと眉根を寄せ、激しく身体を打ちつけてきた。

「う、ああ……っ」

ルシアンは、白い喉を仰け反らせて快感に呻いた。

長身で体格のいい騎士がその膂力(りょりょく)に任せて突き上げてくるのだから、たまらない。それでも加減して欲しいとは思わなかった。

「ああっ、ヴァン――っ、あっ、もっと……!」

「大丈夫か、ルシー？　キツく、ないか？」

ローグ卿が媚肉をがつがつと貪りながらも、心配そうに訊く。

大丈夫だと、ルシアンは必死に頷いた。自分の中が、ローグ卿の形に拡げられていく感覚が嬉しくてならない。

「ああっ、ヴァン――っ」

呼びかけておいて、喘ぐ唇だけを『好き』と動かした。

中をしゃにむに突き上げながら、ローグ卿も噛みつくように口づけてきて、熱っぽく囁く。

「俺もだ、ルシー。俺も、好きだ——」

その言葉にも更に気持ちが昂ぶって、全身の感覚が研ぎ澄まされていく。

淫靡(いんび)な音を立てて入り口が掻き乱され、ローグ卿の脈動を淫らにうねる媚肉で感じ、ルシアンは切ないほどに妖しく甘い快感に身悶えた。

「ヴァン、ヴァンっ——あぁ、も、もう——」

「まだだ、ルシー、まだここに触れていない」

絶頂に上り詰めかけたところを、容赦のない唇に乳首を強く吸われて高く鳴く。

「くぅっ、そこ、だめぇ……っ」

触れられてもいない昂ぶりが、とうとう甘い蜜を吐き出した。

「あ、はっ——あぁっ——!」

「待て、そんなに締める、な——っ」

追いかけるように、ローグ卿も自らをルシアンの中に熱く迸らせる。

狂おしいほどの歓喜に頭の芯を眩(くら)ませ、ルシアンは覆い被さってきた逞しい背をしっかりとその手で抱き締めた。

＊

「まだ、俺は酒臭いか？」

ルシアンを裸の腕に抱き込み、ローグ卿がシーツを胸元まで引き上げながら言った。

「さぁ、もうわからなくなってしまいました。確かめて差し上げましょうか？」

「うん？　ああ、頼む——？」

どうするんだとばかり、不思議そうな顔をしたローグ卿に、ルシアンは伸び上がって、そっと触れるだけの口づけをする。

唇を離すと、ルシアンの自発的な行為が嬉しかったのか、ローグ卿が濃紫の瞳を輝かせて訊いた。

「どうだった？」

「あなたと唇を合わせるだけで、幸せな気持ちになります」

そんな言葉が自然に口を衝いて出る。ルシアンは言ってしまってから急に照れ臭くなって、思わず頬を紅潮させた。

その頬を、ローグ卿がひどく愛しげに撫でさする。

「嬉しいな。そうやって頬を染めるのは、あの男に対してだけかと思っていた」

「ラルフですか？　そんな覚えはありませんが——」

昔からいささかお節介がすぎる年上の男に対して、感謝やうざったさは感じていても、照れ臭いだの恥ずかしいだの、そんな感情を持った事などない。ルシアンは少しむっとしてローグ卿に迫った。

「いつの事でしょうか？」

「そら、王の間で俺がローランド卿を紹介された時、あの男がサスキア王と貴公の頭を撫でて――」

「あ、あれは違います！」

「違う？　だが、確かに貴公は赤くなって――」

「それは――！　その、ラルフにあなたの前で子ども扱いされたのが、恥ずかしくて……」

本心を晒すと、ローグ卿が『本当か』と嬉しげに言って、力任せにルシアンを抱き締めてきた。

「ヴァ……ン、苦しい……」

「では、あの時頬を染めたのはローランド卿にではなく、俺に対してという事か。なんと可愛い男だ、貴公は――！」

冷厳冷徹な『氷原の青い月』にして遣り手のレヴァイン国宰相を捉まえて可愛い男呼ばわりとは、この騎士長もなんと変わった感性の持ち主だろう。

そう思いつつも、ルシアンは顔が更に熱くなっていくのを止められない。

だが、駆け引きはお手の物の敏腕政治家でもある男は、すぐに体勢を立て直し、いささか意地の悪い牽制を放った。

「そう言うあなたは、思いの外、嫉妬深い男だったのですね」

ところが、相手は拍子抜けするくらいあっさり認めるのだ。

「ああ、俺も知らなかった。きっと貴公のせいだ」

「私の――？　それは心外な！　私は何もしていませんよ」

「だからだ。今夜も、二回目はしないんだろう？」

なんと誘導の上手い男だろう。さすがは、若い教主を擁して、一大宗教団体『光の教え』を動かすだけはある。

ルシアンは愛しげに自分を抱く男を少しばかり睨んでから、その大胆な唇に口づけ、逞しい首にしなりと腕を巻きつけた。

男が驚いて濃紫の瞳を瞠る。

「いいのか？」

「この前のようなのはごめん被りますが」

「俺とて顔に青痣は、もう許して欲しい」

碧と濃紫を見合わせて笑い、二人はシーツに潜り込んだ。

あとがき

皆様こんにちは。十掛ありいです。

いわゆる「家庭の事情」というヤツで四年近く創作活動を休止しておりましたが（その間、ノロノロと新書の電子書籍化作業をやっていました）、この度、本書『氷原の月　砂漠の星』にて、無事復帰いたしました〜！

久しぶりの執筆ということで、かな〜り不安だったんですが、『小説リンクス』に一度掲載されたものを加筆修正＋続編書き下ろし――だったせいか、意外にスムーズに進めることができました。締め切りにちゃんと間に合ったなんて、今回が初めてかも。

創作／妄想能力（意欲はあるんです）もさほど落ちてなくて、ホントよかったぁ。

まぁ、四年前リンクスに掲載された時点で、続編の構想がすでに頭にあったんですけどね。「いつかは続編を！」と心に強く思いつつ、年月が流れていってしまって……。

なので、今回新書化のお話をいただいた時は、もう欣喜雀躍（いえ、雀のように可愛らしくはないんですけど・笑）！

担当の増田様、そしてリンクス編集部の皆様、すばらしい機会を与えてくださって、本当にありがとうございました！

しかも、イラストは憧れの高座朗先生！　夢ならどうか覚めないで〜って、ホント心の底から何度も思っちゃいました。

高座先生、美麗かつ艶っぽいイラストをどうもありがとうございました！　機会がありましたら、また是非ご一緒させてくださいませ。

さて、この『氷原の月　砂漠の星』、実は『小説リンクス』綴じ込みポストカードのイラストにつけたショートショート（五周年記念プレシャスブック掲載）が始まりでした。その時はルシアンがヴァンを救出に行った西の砂漠のシーンのみだったんですが、まぁ作者としては当然と言うか、この二人にメチャメチャ惚れ込みまして――。

それで、その後、雑誌のお仕事をいただいた時に、是非この話を書かせてくださいとお願いしまして、一つの纏まったストーリーに仕上げたわけです。

いや〜、デキるくせに自分の感情に疎い美丈夫ほど美味しいものはないですよね♡

願わくば、大勢の方が私と同じように感じてくださいますように！

そうそう。ブログやっています。よかったら遊びに来てくださいね。
→　http://ameblo.jp/allyt/
それでは皆様、今後ともどうぞよろしくお願いいたします。

二〇一五年　二月

初出

氷原の月　砂漠の星	２０１０年 小説リンクス８月号掲載
月は瞬き星は輝く	書き下ろし

この本を読んでのご意見・ご感想をお寄せ下さい。

〒151-0051
東京都渋谷区千駄ヶ谷4-9-7
(株)幻冬舎コミックス　リンクス編集部
「十掛(とがけ)ありい先生」係／「高座(たかくら) 朗(ろう)先生」係

リンクス ロマンス

氷原の月　砂漠の星

2015年2月28日　第1刷発行

著者……………十掛(とがけ)ありい

発行人…………伊藤嘉彦

発行元…………株式会社　幻冬舎コミックス
〒151-0051　東京都渋谷区千駄ヶ谷4-9-7
TEL 03-5411-6431（編集）

発売元…………株式会社　幻冬舎
〒151-0051　東京都渋谷区千駄ヶ谷4-9-7
TEL 03-5411-6222（営業）
振替00120-8-767643

印刷・製本所…株式会社　光邦

検印廃止

万一、落丁乱丁のある場合は送料当社負担でお取替致します。幻冬舎宛にお送り下さい。本書の一部あるいは全部を無断で複写複製（デジタルデータ化も含みます）、放送、データ配信等をすることは、法律で認められた場合を除き、著作権の侵害となります。定価はカバーに表示してあります。

©TOGAKE ALLY, GENTOSHA COMICS 2015
ISBN978-4-344-83369-2 C0293
Printed in Japan

幻冬舎コミックスホームページ　http://www.gentosha-comics.net

本作品はフィクションです。実在の人物・団体・事件などには関係ありません。